모든 아빠는
딸들의
첫사랑이었다

딸에게 물려주는 아빠의 아이디어 노트

모든 아빠는 딸들의 첫사랑이었다

딸에게 물려주는 아빠의 아이디어 노트

지은이	이경모
초판 1쇄 인쇄	2013년 10월 15일
초판 1쇄 발행	2013년 10월 22일
발행처	이야기나무
발행/편집인	김상아
기획/편집	김정예
홍보/마케팅	오성훈, 한소라
디자인/일러스트	송민선
인쇄	(주)이펙피앤피
등록번호	제25100-2011-304호
등록일자	2011년 10월 20일
주소	서울시 마포구 서교동 398-7 마이빌딩 5층 (121-840)
전화	02-3142-0588
팩스	02-334-1588
이메일	book@bombaram.net
홈페이지	www.yiyaginamu.net
페이스북	www.facebook.com/yiyaginamu
블로그	blog.naver.com/yiyaginamu
ISBN	978-89-967528-6-8
값	15,000원

「이 도서의 국립중앙도서관 출판시도서목록(CIP)은 서지정보유통지원시스템 홈페이지(http://seoji.nl.go.kr)와
국가자료공동목록시스템(http://www.nl.go.kr/kolisnet)에서 이용하실 수 있습니다. (CIP제어번호: CIP2013020457)」

모든 아빠는
딸들의
첫사랑이었다

딸에게 물려주는 아빠의 아이디어 노트

지은이 이경모

그린이 송민선

 이야기나무

1장. 누구의 인생도 카피하지 않기

2장. 익숙한 것을 낯설게 바라보기

**아빠의
인생노트 2.**

공부보다
사랑을 잘 하는
사람으로

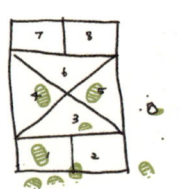

3장. 일상에서 느끼고 발견하기

아빠의
인생노트 3.

힘들어도 간다,
아빠 슈퍼맨이야!

4장. 다른 생각 존중하고 배려하기

아빠의
인생노트 4.

기른 건 난데,
가르친 건
너희였다

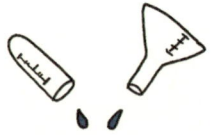

5장. 오래오래 함함하게 살아가기

**아빠의
인생노트 5.**

사춘기 딸 바보 아빠,
이제는 짝사랑

딸에게
물려주는
아빠의
아이디어 노트!!

Since
1988..
이경모

정을 끊으며 잔소리를 물려줍니다

아이들이 커 가면 부모의 사랑도 변해야 한다지요. 아이들이 어릴 때는 따뜻하게 돌보는 게 사랑이고, 사춘기 때는 묵묵히 지켜봐 주는 것이 사랑이고, 스무 살이 넘으면 냉정하게 끊어주어야 사랑이라 합니다. 그러나 제가 살아온 바를 되돌아보면 이도 저도 제때에 제대로 하지 못했습니다. 따뜻해야 할 때 소홀했고, 지켜봐 주어야 할 때 참견했으며, 끊어주어야 하는 지금, 정을 부여잡고 있으니 말입니다.

세상 모든 딸에게 아빠는 첫사랑이었습니다. 어린 딸들은 커서 아빠와 같은 사람과 결혼하겠다고 합니다. 그러나 아이들이 커가면서 그 환상은 깨지고 그녀들에게 첫사랑은 쉬 잊히고 맙니다. 이제 딸들은 스무 살을 훌쩍 넘어 사회생활을 하고 있습니다. 그럼에도 불구하고 아빠로서 딸에 대한 짝사랑을 품고 사는 건 어쩔 수 없는가 봅니다.

일을 하면서 딸아이들 또래의 친구들을 만날 기회가 많았습니다. 그들 역시 저마다의 삶을 다양한 모습으로 꾸려 가고 있었죠. 그런데 자기가 하고 싶은 일을 향해 나아가기보다는, 현실의 벽 앞에 힘겨워하는 경우가 더 많았습니다. 그건 제 딸아이들도 마찬

가지가 아닐까 싶습니다. 저는 그녀들이 자기 인생의 주인공으로 거침없이 잘 살았으면 좋겠습니다.

저는 딸아이들의 아빠인 동시에 인생 선배이기도 합니다. 그리고 한때 딸들의 첫사랑 연인으로서 세상 사는 이야기를 들려주고 싶었습니다. 밖에서는 인생 멘토 역할을 잘도 하면서, 정작 안에서는 딸들과 많은 이야기를 나누지 못했습니다. 어쩌다 가끔 대화라도 할라치면 속마음과는 달리 종종 삑사리를 내기 일쑤였습니다. 그래서 저는 하고픈 이야기가 있어도 속으로 삼키는 게 더 익숙한 사람이 되었습니다. 보통 아빠들과 마찬가지로 사랑을 표현하는 것은 아주 젬병이지요.

용기를 냈습니다. 그리고 정직한 속내를 두런두런 책으로 담았습니다. 이 책은 딸의 첫사랑인 아빠가 딸에게 전하는 눈 먼 사랑의 고백이기도 합니다. 그러나 어차피 딸아이들과 나는 냉정하게 보면 다른 인생입니다. 그런 까닭에 '이렇게 살아야 한다'고 가르칠 수는 없는 일입니다. 그것보다는 '살아보니 내 인생에는 이런 것들이 문제였다' 혹은 '이렇게 해 보니 잘되는 것 같더구나, 너희는 어떻게 하는 게 좋겠니?'와 같이 생각 거리를 던져주고 싶었습니다. 답은 그녀들이 구해야 할 테니까요.

책의 소재들은 평범합니다. 어쩌면 잔소리로 들릴지 모르지만 아이들과 보낸 시간 가운데 모아 두었던 기록과 생각들, 제가 세상과 더불어 50여 년을 살면서 성공과 실패의 과정을 통해 얻은 작은 깨달음을 이야기로 엮은 것뿐입니다.

이제서야 사랑을 새롭게 익혀가는 모양입니다. 이제서야 정을 끊을 수 있을 것 같습니다.

2013. 이경모

1장.

누구의
인생도
카피하지 않기

그랬을 거다, 너도

먼 곳을 보았을 거다
먼바다를 보며
꿈도 꾸었을 거다

그때 바라본 세상,
그때 품었던 꿈,
하나 둘씩 만나보기를

→대물림

대물림해서 안될 것

" 아들 하나 낳아야지?"
내 주변 사람들은 종종 내게 그런 말을 건넵니다.
이유는 참 간단합니다.
장남이니까, 아들이 없으니까—
아들 생각 없다고 아무리 항변을 해도 수궈들지 않습니다.
온축하며 녀석들 엎어까지로 " 나이 40 넘으고는 다
아들생각 난다고 하더라. 핀히 뻐치지 말고……"
하면서 몰아 세우기도 합니다.

어쨌든 난, 어떤 어려움이 있더라도 결코 굴복하지
않고 아들은 낳지 않으려 합니다. 누구 얻처럼
쓸데없는 고집일런지 모르지만,
언젠가는 분명히 엄마호 산아갈 듯 녀석에게
이 시대를 지배하고 있는 ' 고주신호사상' 이라는
못된 유산은 대물림해서는 안될 책임이 있기
때문입니다.

" 정말 우리 아이 하나 더 가지면 안할까?
우리 처음에 어렵게 산잖을 때 승주, 지혜 참
힘들게 키웠잖아. 맛있는 것도 잘 못 사주고
옷도 제대로 못입히고……
그런 생각하면 마음이 참 아파. 그래서 말이야
지금 우리에게 아이가 하나 생기면 진짜 잘 해줄
수 있을 것 같아서……"
녀석들 엄마의 말이 마음 한구석을 몹시 아프게 하고
있습니다.

그러나,
그러나,
나의
처음인 갱에는
흔들림이
없습니다.

철없는 남자, 철없는 아빠가 되다

아들, 아니 남자로 태어나야 사람대접을 받던 시절이 있었다. 사
람들은 내게 그랬다. 아들 하나는 낳으라고. 젠장, 그게 어디 맘
대로 되는 일인가? 또 그럴 마음도 없었다. 내가 아들 선호사상이
라는 시대의 흐름을 좇는다는 것은 언젠가 엄마로 살아갈 딸아
이들에게 못된 유산을 대물림하는 것과 다름이 없었기 때문에.

장남으로, 큰 손주로 태어나 귀여움받고 자란 사람. 중학교 때 여
자를 처음 알았고, 고2 때 담배를 피기 시작했으며 70명 정도이
던 학급에서 5등 안팎은 했으니 공부도 그럭저럭 한 사람. 재수
하고 대학교에 가서 공부보다는 최루탄 냄새 맡으며 데모에 더
열중이었던 사람. 너희들 아빠가 되기 이전의 나는 그렇게 세상
물정이라고는 모르는 철없는 남자였다.

그렇게 철없던 남자는 영락없이 철없는 남편, 철없는 아빠로 이어
졌다. 대학교 4학년 때, 덜커덕 결혼을 해 버린 것이다. 돈 한 푼
벌지 못하고, 여전히 졸업 후 장래에 대한 아무 대책도, 고민도
없으면서 가정을 꾸린 셈이었다. 결혼이 무슨 소꿉놀이도 아닌데
말이다. 속도위반을 의심하면서 '왜 그리 서둘러 결혼을 일찍 했
느냐?'고 묻는 사람들에게 정직하게 '사랑했으니까' 라고 답을 했
다만, 가정이란 현실은 그리 녹록지 않았다.

그리고는 덜컥 큰 녀석이 세상에 나왔다. 계획하지 않은 탄생이었다. 남자아이가 세상에 나오면 산부인과에서는 너나없이 축하인사를 했다. 그러나 우리의 경우는 달랐다.

"저…… 애기 보세요."

아들이 대접받던 시절이었다. 작은 녀석이 보면 실망스럽겠지만, 그 녀석을 배 속에 둔 엄마는 '득남을 희망한다'는 간절한 바람을 가졌을 정도였으니까.

이후 주변 사람들은 내게 아들 낳기를 종용했다. 그러나 나는 흔들림이 없었고, 쓸데없는 사명감마저 가졌다. 철없는 아빠다운 철없는 생각이었다. 그리고 많은 세월이 흘렀다. 2010년에 태어난 남자아이 가운데 5명 중 1명은 혼자 살아야 할 운명이란다. 사회에서 여성의 역할도 이전과는 확연히 달라졌고, 실제 직장에서 업무 능력을 봐도 여성이 훨씬 잘하는 경우가 많다.

비록 아빠가 철없다는 얘기를 많이 들었지만 당시의 풍토와는 다른 기준으로 산 것을 후회하지 않는다. 아들 없이도, 남의 시선이나 눈치 안 보면서 '딸딸 아빠'로서 잘 살아왔고, 세상은 마침내 딸들의 시대를 화려하게 열어 준 셈이니 아빠에게 참 고마워해야 할 대목이 아닌가 싶다. 그렇지 않니?

Wishing you
a Merry Christmas and
much happiness in the new year
크리스마스에는 기쁨과 사랑이 함께 하시고
밝고 복된 새해가 되시길…

기쁜 성탄을   축하하며
새해에는   더욱 건강 하고
가정을 보다 많이   사랑하는
아빠와   남편이   되길 바래요.
득남을 희망하며 —

풍구년   성탄을   함께 기쁘게 하며
정민.

한가지
때만 가지고
인생을 살
필요가 없을까?

언젠가 네 책상 앞에 붙여 놓은 메모, 네 꿈과 미래에 대한 고민을 엿본 적이 있었다. 목표하는 대학, 하고 싶은 일, 마음의 각오, 참 많은 것들이 적혀 있더구나. 아빠는 이 문구가 가장 인상 깊었다.

"나는 60억 인구 중에 단 하나뿐인 사람, 가장 소중한 존재다!"

20대를 선몽기選夢期라고 하더구나. 자기의 꿈을 여러 개 정하고 선택해야 할 시기라는 의미겠지. 그런데 꼭 목표와 계획을 철저하게 세우고, 흔들림 없이 달려 그 꿈을 이룬다고 해서 그것이 바로 성공하고 행복한 삶이라고 할 수 있을까? 아니 어쩌면 꿈과 목표를 성급하게 정할 필요도 없을 것 같고.

선택의 폭과 가능성을 열어 놓고 다양한 꿈을 꾸어 보렴. 꿈이 흔들려도, 생각대로 잘 안 돼도 너무 두려워하지 말고. 때로는 흔들흔들 균형을 잡으며 가는 것도 충분히 의미가 있다고 생각해. 중요한 건 성공과 행복의 잣대를 어디에 두느냐에 있는 것 같아. 꿈과 목표를 이루었느냐에 중심을 두지 않고, 이런저런 꿈을 꾸고, 엎어지고 깨져도 가면서 그 꿈을 이루어 가는 과정에서 더 큰 의미를 찾아보도록 하렴. 변하지 않는 목표나 꿈도 좋지만 꿈이 자꾸 변하면서 자라는 것도 자연스러운 일이란다. 인생에는 여러 패가 있는 법이니까. 너희를 믿는다.

남들이 만들어 놓은
지도위에서 놀지말고
스스로의
인생지도를 만들어라

가 보지 않은 길이 있다.

그러나 어디로 가야 할지 모른다.

그리고 여기 지도 한 장과 나침반이 있다.

지도는 목표점을 향해 가는 루트를 잘 알려 준다.

가야 할 길의 전체적인 지형도 한눈에 보이고, 어떤 코스를 따라가야

안전하고 바르게 갈 수 있는지 알 수 있다.

나침반은 그렇지가 않다. 세세한 길을 알려 주지 않는다. 단지 목표점

으로 가는 방향만 표시해 줄 뿐이다. 방향만 있기에, 그 방향으로 가

다 보면 어떤 길이 있을지는 알 수가 없다. 거센 물이 흐르는 계곡이

있을 수도 있고, 낭떠러지가 나타날지도 모른다. 어쩌면 세찬 모래바

람이 부는 사막을 만나게 될 수도 있다. 도대체가 앞길을 예측할 수

없다.

사람의 인생도 그렇다. 매 순간순간 새로운 처음을 만난다.

어디로 가야 할지 알 수 없는 처음 가는 길이다.

지도를 들고 나설 것인가?

나침반을 들고 나설 것인가?

목표점이 분명히 보이는 지도를 상상해 보자. 이런 로드맵을 따라가

면 이렇게 될 거고, 저런 로드맵을 따라가면 저렇게 될 수 있다고 일

러줄 거야. 가령 무엇을 공부하고, 유학 가서, 졸업해서, 경력 쌓고,

그 다음에 이런저런 걸 하라는 식으로 말이야. 그렇게 누군가의 설계에 이끌려 가는 것이 좋은 선택일까?

인생이란 그런 식으로 답이 나오는 게 아니거든. 차라리 '인생에 어디 정답이 있더냐, 한 번 가 보자!'는 식으로 어떤 인생의 방향만 일러주는 나침반이 더 필요한 게 아닌가 싶다. 나침반은 동, 서, 남, 북의 방향밖에는 일러주는 게 없어. 인생의 방향은 각자가 새겨 넣어야지. 사회가 정해 놓은 길이 아니라 내가 정말 사랑하고 즐거워할 수 있는 어떤 방향을 말이야.

그렇게 가다 보면 분명 여러 사람을 만나고 많은 일을 겪게 되지 않겠니. 그건 아빠도 알 수가 없단다. 가다 보면 아프기도 하고, 다치기도 하고, 지쳐 되돌아가고 싶기도 하겠지. 길을 잘못 들어 헤매기도 할 테고. 그러나 분명한 것은 아무런 흠집 없이 곱게 펴진 종이보다 구겨진 종이를 날리면 더 멀리 날아간다는 사실이다. 그렇다고 일부러 종이를 구기듯 삶을 구길 필요는 없겠지만, 적어도 실패와 좌절이 두려워서 지레 움츠릴 필요는 없단다.

흔들리지 않고 피는 꽃이 어디 있겠니. 결과를 두려워하지 말고 일단 길을 나서 보는 것, 그게 중요하다. 그렇게 멈추지 말고 계속 나아가 보렴. 가다 보면 지도가 가르쳐 주지 못하는, 다른 사람들의 인생이 가르쳐 줄 수 없는 너희만의 길이 만들어지지 않을까?

신밧드의 여행과 콜럼버스의 여행은 달랐어. 신밧드의 여행에는 꿈과 모험, 판타지가 있었고, 콜럼버스의 여행은 오직 신대륙을 찾기 위한 목표에 매달린 여행이었거든. 그런데 어떤 목적을 가지고 길을 나선 콜럼버스는 힘겨웠지만, 새로운 것을 보기 위해 떠난 신밧드는 즐거웠단다.

그러니 너희도 남들이 만들어 놓은 인생 지도 위에서 놀지 마라. 뭐 어떠니? 달랑 나침반 하나 들고 나서서 꿈과 모험, 판타지를 즐겨보는 거지. 그렇게 깨지고 부딪혀 가면서 만들어 가는 나만의 인생 지도, 도전해 볼 만 하지 않니? 네가 두 발로 정직하게 걸어간 길이 차곡차곡 쌓여 오직 너만의 지도가 완성될 테니까.

아빠가 기대해도 될까?

No.1이 되기위한
경쟁을 하지 말고
Only One이 될 수 있는
게임을 해라~~~

한 방향으로만 갈 수 있는 좁은 골목길이 있다. 많은 사람이 그 골목을 통해서만 저편으로 갈 수 있다면 어찌 되겠니? 비좁은 골목길에서 서로 맨 앞으로 가려고 하겠지. No.1이 되기 위한 치열한 경쟁의 게임이 되는 거야.

그런데 좁은 길이 아니라 바다처럼 열린 공간이라면 어떨까? 그러면 굳이 한 방향으로 빨리 갈 이유가 없잖니. 사방이 다 트여 있는데. 많은 길이 열려 있으니까 저마다 다양한 방향으로 갈 수 있고. 남 신경 쓸 필요도 없고.

이렇게 되면 각각의 방향에서 모두가 다 Only one이 될 수 있는 게임으로 바뀌게 돼. 저마다의 길에서 의미 있는 인생 항로를 만들어 가게 되는 거니까. 변치 않는 목표를 정하고 앞만 보고 달려가기보다는 먼바다를 항해하듯 그렇게 삶을 여행하면 어떨까?

하나의 경주 트랙만 있는 인생이라면 목표점이 하나밖에 없지. 그러나 인생을 탁 트인 커다란 바다라고 생각하면 사방 어느 곳이라도 다 목표점이 될 수 있잖아. 그렇게 어떤 곳으로 항해할까를 맘껏 상상해 보자. 거기에는 어떤 일들이 기다리고 있을까도 상상해 보고. 이거 참 설레는 일 아닐까?

04 · · · · · · · · · · · · · · · 되든 안 되든
일단 저지르고 볼 일이다

해라※
해봐라※
그래야
봔안다※
안다※

어릴 때, 부모가 아이에게 가장 많이 하는 말이 뭔지 아니?

"하지 마, 위험해, 그만둬, 물러나!"

이런 부정否定의 언어란다. 같은 뜻이라도 긍정肯定의 표현으로 바꿔서
할 수 있는데도 말이다. 어쩌면 지금도 은연중에 가정에서, 직장에
서 너희가 가장 많이 듣는 말인지도 모르겠다.

세상 모든 부모의 마음이란 게 다 그렇단다. 제 아이가 다칠세라, 삐
뚤어질세라, 혹여 잘못될 세라 염려하면서 곁에서 지켜 주며 잘 성
장하길 바라며 품에 안으려고만 하지. 그런데 그 보살핌이라는 것이
아이들 인생에 사사건건 개입해서 조금이라도 위험해 보이는 일은
못하게 막거나 아이들이 할 일을 대신해 주는 식으로 자리 잡으면
서 점점 근기根氣가 없는 아이들을 만드는 건 아닌지 걱정이다.

그런 점에서 보면 참 아빠도 반성할 게 많구나. 뭐 어떠냐? 부정의
울타리에 갇히지 말고 마음껏 저질러 보렴. 너희들 스스로 선택하
고 결정해서 네 인생을 꾸려 보렴. 도전도 해 보고, 모험도 해 보고,
실패하면서 문제를 스스로 판단하고, 책임지는 법도 익혀 보렴. 하
다 보면 해야 할 일과 하지 말아야 할 일이 오히려 더 분명해질 테니
까. 무엇을 해야 하는지, 왜 해야 하는지가 분명해질 테니까.

스펙의 프레임에
인생을
가둘 셈이냐?~~~

아빠는 일상적으로 쓰는 단어가 사전에는 대체 무어라 적혀 있는지 뒤적여 보곤 한단다. 별생각 없이 쓰는 말들이 사실 본디 뜻과 다르게 쓰이는 경우가 꽤 있거든.

스펙Spec : Specification의 약자
제품의 사용설명서. 제품의 사양(규격,가격 등)이라는 뜻.

야, 이거 참 웃기잖니? 분명 기계나 물건의 어떤 특성을 일컫는 단어인데, 어떻게 이 단어가 사람을 판단하는 조건이 되어 버린 걸까? 분명 어떤 말 만들기 좋아하는 작자가 갖다가 붙인 것 같긴 한데, 아니 무슨 사람이 기계나 제품도 아닌데 말이야.

아빠의 옛 대학 시절로 거슬러 가보자꾸나. 졸업 학점 4.5점 만점에 2.7점, 토익 시험은 본 적도 없고, 공부보다는 데모나 연애에 좀 더 열심이었던 사람. 이게 아빠의 스펙이라면 스펙이다. 그때와 지금의 상황이 다른 것은 사실이겠다만, 아빠는 지금 세상이 요구하는 스펙 없이도 못나게 살지는 않은 것 같다. 그래서일까? 기계 부품에나 붙는 스펙에 얽매여 살아가야 현실에 동의하기가 참 어렵다. 스펙을 고민하는 청춘들이 들으면 '현실도 모르면서, 웃기시네!'하며 반기를 들 수도 있겠지만. 언젠가 한 명문대학에 다니는 학생이 자퇴하면서 대자보에 남긴 글을 읽었던 기억이 있다.

"친구들을 제치고 명문대학에 들어갔지만, 또다시 취업 관문을 위해 달려야 했다. 그런데 이상하다. 더 세게 나를 채찍질해 봐도 다리 힘이 빠지고 심장이 뛰지 않는다."

너희 생각은 어떠니? 너희는 공장에서 만든, 사회가 규정한 용기容器가 아니잖니? 너희에게 필요한 건 다만 소신 있는 용기勇氣일 뿐.

또 언젠가, 지방의 한 고등학교 강당에 걸린 '직업 선택 십계명'을 신문 기사로 본 적이 있다. 함께 실린 선생님 인터뷰도 인상이 깊더군.

내가 원하는 곳보다 나를 필요로 하는 곳을 택하라.
조건이 갖추어진 곳을 피하고 처음부터 시작해야 하는 곳을 택하라.
사회적 존경을 바랄 수 없는 곳으로 가라.
한가운데가 아니라 가장자리로 가라.
앞다투어 보이는 곳에 가지 말고 아무도 가지 않는 곳을 가라.
부모가 반대하는 곳으로 가라. 틀림없다.

"중요한 건 십계명 자체가 아니라, 그 안에 담긴 정신입니다. 나 자신이 소중한 만큼 남도 소중하고 더불어 살아가야 한다는 진리 말입니다. 남들 위에 군림하는 사람이 되기보다는 남을 위해 살아가는 사람이 되라는 것이지요. 직장이 아닌 직업 선택을 위한 십계명을 만든 이유는 '무엇이 되느냐'보다 '어떻게 사느냐'를 아이들에게 가르치기 위해서였죠."

앞으로의 세상은 고령화 사회에 접어들면서 직업을 대여섯 번은 바꾸게 될 거라 하더군. 지금의 인기 직업이 미래에도 그럴 것이라는 환상도 버려야 해. 그러니 잘 따져 보자. 직업의 숫자는 2만 개가 넘는다는데 우리가 좋은 직업이라고 생각하는 개수는 너무 적고, 또 직업보다는 직장을 염두에 두는 경우가 많은 게 현실이 아니니까? 오로지 '스펙 쌓기'에 몰두해서 용케 첫 직장을 잘 잡았다고 치자. 그것으로 만족스러운 미래가 보장될까?

이제 직업이란 것은 그저 단순히 먹고 사는 수단으로 선택할 문제가 아니라 우리에게 주어진 인생에서 무엇을 추구하며 살 것인가에 대한 척도가 아닌가 싶어. 그런 점에서 인생의 방향과 행복의 기준을 어디에 두느냐가 직업 선택에서 가장 중요한 요소가 아니겠니.

스펙이라는 게 사실 지금의 사회가 만들어 놓은 일종의 프레임이거든. 그러니 스펙을 쫓는 것은 그 프레임에 자신을 가두는 것과 다를 바 없어. 자, 어떤 선택을 하겠니?

인생은
100미터 달리기가 아니라
42.195 킬로미터를 달리는
마라톤 경주다 ~~

토끼가 거북이에게 '느림보'라고 놀린다. 그러자 거북이는 토끼에게 달리기 시합을 제안한다. 달리기를 시작한 토끼는 빠르게 달려 거북이보다 한참 앞서 갔다. 토끼는 한참 뒤쳐진 거북이를 보고 낮잠을 잔다. 그러나 거북이는 포기하지 않고 꾸준히 기어서 토끼보다 먼저 결승점에 도착한다.

여기까지가 우리가 알고 있는 '이솝우화'의 내용이야. 출발점에서 빨리 달려 나가는 것보다는 결승선을 통과할 때까지의 끈기와 노력이 더 중요하다는 교훈을 주는 이 이야기를 조금 다르게 생각해 보면 어떨까?

사실 이 게임은 토끼가 졸지만 않았다면 승자가 되었을 너무나 뻔한 게임이다. 그랬다면 아마 이 이야기의 교훈은 경쟁 사회에서 자기계발을 게을리하지 말고 경쟁력을 갖추기 위해 노력해야 한다는 것으로 바뀌었을 게 분명해.

이런 상상은 어떨까? 만일 둘의 게임이 100미터 달리기였다면? 만일 둘만의 게임이 아니라 여러 동물이 함께 42.195킬로미터를 달리는 마라톤이었다면? 100미터 달리기였다면 역시 결과는 뻔하겠지? 그러나 여럿이 달리는 마라톤이었다면 이 게임의 승부는 예측하기 어려울 거야.

우리네 인생살이로 보면 토끼처럼 속도를 자랑하는 것이 바람직한 걸까, 아니면 거북이처럼 방향을 잘 잡아 한길로 가는 것이 좋은 걸까? 우리네 삶이란 여럿이 서로 경쟁하며 정해진 코스 안에서 속도 경쟁을 하는 레이스인 셈인데 100미터 잠깐 달리고 승부를 결정할 수는 없단다. 마라톤 레이스처럼 길게 봐야지.

100미터 경주로 생각하면 당장에야 모두가 인정하는 좋은 기업에 일자리를 빨리 얻는 사람이 승자라고 할 수도 있겠지. 그런데 그 자리에서 계속 속도를 내는 것이 마라톤 승부에서도 통할까? 내 꿈이 아니라 남들이 만든 꿈을 좇아가다 '이 산이 아닌가 봐'라는 생각이 든다면?

어쩌면 당장은 모두가 정해 놓은 목표를 향해 속도 경쟁을 하며 달리는 것이 아니라, 당장은 뒤처질지 몰라도 자기가 원하는 인생의 방향을 잡아 한 발 두 발 내딛는 것이 더 현명한 선택이 아닐까?

비교는 남과 하는 것이 아니라 자신과 하는 것이니까.

사람들이 힘겨워하는 가장 큰 이유는 '남과의 비교' 때문인 것 같아. 그런데 그 비교라는 것이 대개 자기보다 앞서 간다고 생각하는 사람에서 시작된단다. 그러니 자기가 뒤처진다는 생각을 하게 되고. 하지만 비교란 남과 하는 것이 아니라 '과거의 나'와 할 때 자기 인생의 좌표를 잡아 나가는 데 도움이 되는 것이라고 봐. 그래서 '인생은 속도가 아니라 방향'이라고 하잖니. 아무리 빠른 시간에 남들보다 더 멀리 간들, 그것이 내가 원하는 방향이 아니라면 '말짱 도루묵'이 되지 않겠어? 오히려 속도를 조금 늦추고 자신이 향하는 방향을 잡 아가는 삶이 더 의미 있는 게 아닐까?

42.195킬로미터 마라톤을 처음부터 같은 속도로 빨리 달리면 지치 게 마련이래. 그래서 1,000미터 달리기 훈련을 먼저 하고 익숙해지 면 1,000미터 달리듯 42번을 달리면 된다고 하더구나. 그런데 35킬 로미터 정도 달리면 고비가 온대. 숨이 막혀 터질듯한 한계의 벽에 부딪히는 거지. 그럴 땐? 특별한 방법이 없단다. 그 벽을 뚫고 지나 가는 수밖에.

인생도 그렇다. 옆에서 당장에 속도를 높여 달려 가더라도 신경 쓰 지 말고, 제 갈 길과 방향을 생각하면서 달리면 좋은 레이스를 할 수 있으리라 여긴다. 조급하거나 초조할 일 없이.

먼저 핀 꽃이 일찍 진다는 말이 있지. 조금 늦게 피더라도 활짝 아 름답게 피는 꽃이 되는 것. 그게 멋진 인생 아닐까?

07 ····· 사는 대로 생각하지 말고
생각하는 대로 살자

원본으로 살고
원본으로 죽자.

장례식장에 갈 때마다 근조 화환이 얼마나 많은가에 따라 그 사람의 생전 가치가 결정되는 것 같아 썩 보기 좋지 않았다. 돈이나 명예, 혹은 권력 같은 것이 어떻게 그 사람의 일생을 이야기하는 잣대가 될 수 있는 걸까? 과연 돈과 명예를 가졌다고 행복한 삶이었다고 단정할 수 있을까? 삶의 기준이 오직 그 하나뿐일까?

사람은 본디 세상에 하나밖에 없는 '원본'으로 태어나 죽을 때는 주변 사람들과 비슷한 '복사본'으로 죽는다는 말이 있어. 하지만 가장 행복한 삶이란 '자기다움으로 남과 다르게' 사는 것이 아닐까? 그렇게 본다면 나답게, 남다르게 살아가는 일체의 삶은 하나의 잣대로 감히 평가하기 어려운, 아니 그래서는 안 되는 것이리라.

이젠 기술이나 지식의 크기가 아니라 세상을 바라보는 태도나 시선의 차이에 따라 삶의 질이 결정되리라 믿는다. 어떻게 생각하느냐에 따라 삶의 방식이 결정되는 거니까. 생각하면 생각하는 대로 살게 되고, 생각하지 않으면 사는 대로 생각하게 될 수밖에 없으니까. 그러니 우물쭈물하지 말고 네 생각대로 살아가기 바란다.

먼 훗날, 눈을 감을 때 이렇게 생각하며 눈 감으면 그게 행복한 인생 아닐까?

"아 참 세상 재미있게 살았다. 잘 있거라."

슈떠 뚝로
슈떠 아이
그써
행복할까?

어느 초등학교에서 아이들에게 장래 희망을 물어보았다더구나. 반 아이들의 대부분이 회사 사장이 되고 싶다고 했대. 예전에는 부모님 같은 사람이 되겠다는 소박한 희망부터 대통령, 과학자, 선생님 등 다양한 꿈이 있었는데, 인생의 성공 기준으로 어려서부터 '돈'을 꼽았다는 것이 매우 씁쓸하더구나.

2011년 11월, 어느 신문에 실린 기사를 보고 충격을 받았던 기억이 난다. 고3 학생이 어머니를 살해하고 8개월간 시신을 방치했다는 기사, 생각나니? 엄마는 자식의 성적이 떨어지면 야구방망이나 골프채로 때렸다고 해. 어머니의 구타가 두려웠던 아들은 성적을 조작하고 이것이 발각될까 두려운 나머지 어머니를 살해했다는 것이다. 참 세상이 무섭구나 싶으면서 그 엄마도 그 자식도 불쌍하다는 생각이 들었다.

너희도 어릴 적 피아노를 배우고, 수영도 배우고, 미술 학원에 다니면서 자랐지. 그런데 나는 아이들이 피아니스트가 될 것도 아니고, 운동선수가 될 것도 아닌데 왜 이것도 하고 저것도 하는지에 대해 좀 삐딱한 생각을 갖고 있거든. 표면적인 이유야 다양한 경험을 통해 기본적인 인성이나 창의성을 기르기 위함이라고 하지만, 따지고 보면 '남들이 다 하니까 안 하면 불안해서'라는 게 솔직한 이유가 아닐까.

요즘은 초등학교를 어디에 가느냐에 따라 아이들의 장래가 좌우된다고 하더라. 우수한 성적으로 좋은 학교에 진학하고, 좋은 직장에서 돈 많이 벌자는 식의 인생 로드맵이 너무 일찍 그려지는 것이 아닌가 싶어. 세상 어느 부모가 자식이 잘되는 것을 바라지 않겠니. 이를 위해서 아이들이나 부모나 모두 슈퍼맨과 슈퍼 부모가 되어야만 하는 현실이 참 슬프구나. 예전에는 가난한 농부의 아들로 태어나도 성공할 기회가 열려 있었는데, 이젠 점점 더 기회의 문이 좁아지는 것 같고.

그런데 참 묘한 것은 아이들이 자라면서 장래 희망이 점점 흐릿해진다는 거야. 중고등학교에 올라오면 30~40%의 학생들이 장래 희망이 없다고 답한 통계를 본 적이 있거든. 대학에 가면 그 수치는 더 낮아지는 것 같아. 대학에서 중요한 것이 무엇인가를 묻는 설문에 50%가량이 '학점과 스펙 쌓기'라는 응답을 했다니 말이야.

대학 졸업 후 일터를 찾고 제 꿈을 이루어 가는 과정을 보면, 슈퍼 부모가 그렇게 공들여서 슈퍼맨으로 길러온 아이들이 하늘을 날기는커녕 자기에게 날개가 있다는 사실도 모르고 위축되어 사는 것 같아 안쓰러울 때가 참 많아. 물론 경제 논리가 곧 삶의 논리가 되어서 진정 자신이 원하는 삶을 추구하기가 어려운 시대인 것 같다.

요즘은 모든 사람이 단 하나의 인생 성공 방정식을 좇다가 좌절하는 것 같아. 그런데 성공 방정식이란 게 대개 기득권층인 어른들이, 사회가 만들어 놓은 '판'이야. 이 판이란 것은 아빠가 여태껏 살아온 판이기도 해. 내 생각은 이래. 아빠가 놀던 판에서 놀지 말고 너희는 너희 판에서 놀았으면 좋겠어. 괜히 여기 들어오려고 하지 말고. 그래도 별일 없을 텐데. 오히려 판 밖에서 놀다 보면, 새로운 세상을 만날 수도 있을 거라고 생각한다.

"편견을 가지고 네 인생을 설계해 보렴."

어른들의 판에서 놀지 말고 너희의 판을 만들어 가기를 바란다.

CARPE

DIEM

"오늘을 즐겨라"
하루하루가 모여
긴 인생이
되는 거니까······

과거, 오늘, 미래는 대체 어떤 의미가 있는 걸까? 어찌 보면 과거는 없는 셈이야. 이미 지났으니까. 또 미래도 없는 거고. 왜? 아직 오지 않았으니까. 그러면 남는 건 오늘뿐. 그런데 내일은 또 다른 오늘이 잖니. 그러니 오늘 어떻게 하느냐에 따라 내일이 결정되겠지. 아주 오래전 영국의 고등학생들과 선생님의 이야기를 다룬 '죽은 시인의 사회'라는 영화를 본 기억이 있어. 여기 선생님이 학생들에게 했던 대사가 몇 가지 있어.

시인 로버트 프로스트는 말했다. 여기 두 갈래 길이 있다. 나는 그 두 갈래 길에서 사람들이 많이 가지 않은 길을 택했고, 그게 날 다르게 만들었다고 생각한다. 여러분도 마찬가지다. 이제부터 나름대로 각자의 길을 걷도록 해라. 방향과 방법은 마음대로 선택해라.

오직 하나의 '성공 방정식'만 가지고 삶의 해법을 찾으려 하지 말고 가슴이 뜨거워지고 자신이 원하는 삶을 찾으라는 메시지가 참 인상 깊었어. 미래를 내가 원하는 모습으로 바꾸고 싶다면 오늘을 바꿔야 해. 오늘을 즐기는 것이 미래를 만들어 가는 가장 쉬운 방법이야.

"오늘을 즐겨라Carpe Diem"

그래 오늘을, 매 순간을 즐겨 봐. 그런 하루하루가 모여 네 인생이 되는 거니까.

2장.

익숙한 것을
낯설게
바라보기

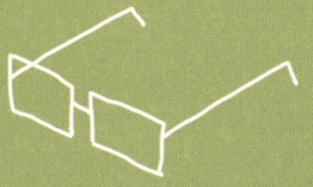

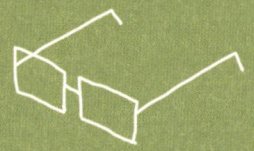

이 세상에 말이다,
당연히 그래야 하는 법이란 없거든

항상 똑같은 시선으로
바라보는 세상은 달라지지 않아
내가 달라지기 전에,
내가 세상을 다르게 바라보기 전에
세상은 절대로 변하지 않아

그렇게 세상을 향해
'메롱'하며
개기고 시비 걸고 딴지를 걸어 보렴

뭔가 변화가 시작될 테니까!

그리고 나는 녀석들이 학교에서 공부를 잘하기
보다는 세상을 여유롭게 살아가는 지혜를
익히기 바랍니다.

제 몫만을 생각하는 못난 녀석이 아니라
친구를 소중히 여기고, 친구의 아픔과 기쁨을 함께
나눌 줄 알며, 이웃의 의미를 아는 녀석들이
~~되길 원합니다~~. 되었으면 좋겠습니다.

그리하여 나는 녀석들이 '더 가지기 위해
살아가는 사람들' 속에서 발견되지 않고
'함께 삶을 나하는 사람들, 나누며 사는 사람들'
가운데에서 발견되길 원합니다.

마침내는 녀석들이 커서 이 다음에 어떤
자리를 차지하고 앉게 되더라도,
그 자리에 얼마나 오래 앉아 있었느냐 보다는,
일어서는 그 날까지 어떤 모습으로 앉아
있었느냐가 더 중요하다는 사실을 깨우치길
바랍니다.

시간이 많이 흘렀습니다.

점점 추워지는구나.
한겨울에도 너무 움츠리지 말고,
우리   옷깃조차도 풀어헤칠 수 없는
        넉넉함을 나누어 갔자꾸나.

                                        x

공부보다 사랑을 잘 하는 사람으로

술 한잔 하고 늦게 들어간 밤, 너희가 잠든 모습을 바라보다가 든 생각을 노트에 옮겨 적곤 했다. 나는 우리 아이들이 자라서 훌륭한 사람으로 성공하길 바란다거나, 그것을 위해 모든 것을 바치겠다고 약속하고 싶지 않았다. 그것보다는 자라면서 만나게 될 모든 사람을 사랑할 줄 알고, 그 사랑으로 살아가는 사람이 되길 바란다고 적었다.

너희를 만나기 전, 아빠는 정의, 민중, 자유, 민주, 투쟁과 같은 단어들과 가까이 살았다. 너희를 낳고 키우면서 그런 단어들은 타협, 조화, 질서, 예절과 같은 것으로 대체되어 갔다. 그러면서 나는 정작 너희에게 이런 바람이 담긴 글을 적었던 모양이다. 나는 너희들이 대단하게 커 가길 바란 게 아니라 그저 평범하지만 따스한 사람으로 성장하길 바랐다.

아무것도 가진 것 없이, 결혼반지도 나누지 못한 채 시작한 아빠였기에 우리는 1년에 한 번꼴로 이사를 다녀야 했다. 그래도 아빠역할은 좀 하고 살았던 것 같다. 아무 조건 없이 많이 안아 주고 대화가 통하는 아빠로. 가난했지만, 엄마 젖을 6개월이나 먹고 자란 너희는 건강하게 잘 커 주었다. 너희 눈에 보이는 것은 모두 다 신기했을 것이고 하나씩 배워 가는 재미도 있었을 것이다. 덕분에 나는 너희가 쏟아 내는 질문에 일일이 답을 해 줘야 했기에 가끔 피곤하기도 했지만. 너희에게는 두려움이 없었다. 놀이터에서 엎어지고 깨치고 한 적이 한두 번이 아니었지만 생기가 넘쳤다.

적어도 너희가 미운 일곱 살이 되기 전까지 아빠로서 아낌없이 주는 나무 역할은 한 것 같다. 그러나 해 줄 수 없는 것도 있었다.

"나도 오빠가 있었으면 좋겠어!"

그건 내 힘으로 도저히 할 수 없는 일이었다. 어느 날 유치원에서 무언가를 외워 발표하라고 한 적이 있었다. 무슨 내용이었는지 기억나지 않지만, 이해하기 어려운 내용을 억지로 외우는 네 모습이 마음에 걸렸던 나는 노트에 이렇게 적었다.

"외우지 말고, 그냥 네 생각대로 말하렴. 이해도 안 되는 걸 외라고 하는 말을 꼭 따를 필요는 없어."

언제나 틀 밖에서 늘 자유롭기를! 그랬었다. 아빠는 너희가 어떤 틀에 맞춰 자라는 걸 바라지 않았다. 그냥 자유롭게 자라기를 바랐다. 우리들의 아름다운 관계는 이때가 절정이었던 것 같구나. 이후 우리들의 관계는 서서히 악화되기 시작했으니까.

나개의 일직선을 그어
9개의 모든 점을
이어 볼껌
단, 손을 떼지 말고.

어때? 만만치 않지? 음, 아마 9개의 점으로 이루어진 사각의 틀 속에서 이리저리 헤매면서 이렇게 저렇게 선을 그어 보려 했을걸.

그런데 그렇게 해서는 절대로 9개의 점을 모두 잇기가 쉽지 않단다. 그럼 어찌해야 할까? 이 문제를 풀려면 좀 과감해질 필요가 있단다. 자, 풀어보렴.

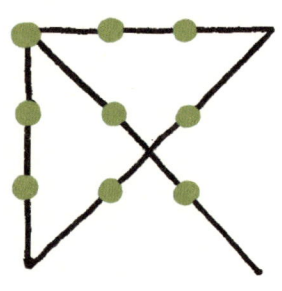

사각의 틀을
벗어나야
그제서야
보이는 '답'.

이 문제를 풀려면 틀에서 벗어나야 해.

점으로 이루어진 사각의 틀 밖으로 나와야 하거든. 틀 바깥까지 선을 빼서 연결해 보는 거지. 어때? 선 밖으로 빠져 나오니, 자유로운 생각을 가로막고 있던 틀을 벗어나게 되고 손을 떼지 않고도 모든 점이 이어지잖니.

답을 찾기 어려웠던 이유는 늘 하던 대로, 보던 대로 하는 방식에 너무 익숙해져 있기 때문일 거야. 알게 모르게 우리는 고정관념의 틀 안에 갇혀 있는 셈이지. 그러니까 9개의 점으로 이루어진 울타리, 사각 박스의 틀 안에서 헤맬 수밖에.

짜여진 틀, 익숙한 생각, 늘 보던 관점에서 벗어나 지금까지와는 다르게 바라볼 때, 비로소 새로운 문제 해결 방식을 만나게 되는 거란다. 그래! 생각을 가로막는 틀을 뚫고 나와 여러 각도에서 다르게 바라보면서 생각하는 힘을 길러 보렴. 세상이 다르게 보일 거야.

Think outside the Box.

아빠 ……
남친을 사귈수 있는
뭐 특별한
방법이 없을까?

이 질문에 대한 아빠의 답은 이렇다.

"여친이 있는 남자를 공략해 보렴."

왜냐고? 음, 어떤 남자든 여친이 없으면 모든 여자가 다 경쟁 상대 잖아. 하지만 여친이 있으면 라이벌은 딱 한 사람뿐이지. 아무리 강한 상대라도 딱 한 사람만 제치면 되지 않겠니. 살다 보면 아주 복잡한 현실에 부딪혔을 때 어떤 문제의 핵심과 본질이 무엇인가를 파악하는 게 매우 중요할 때가 많거든. 이때 어떻게 해결하느냐에 따라 차이가 생기게 돼. 그 차이는 뭘까?

그건 바로 '어떤 관점으로 바라보았느냐'에 있어. 어떤 관점으로 보았느냐에 따라 해석하는 방법이 달라지고 전혀 다른 해법이 만들어지는 법이야. 남들과 같은 것을 보면서도 남들이 생각하지 못하는 다른 생각을 하는 거지. 그걸 가능케 하는 게 바로 관점이란다.

누가 봐도 좋은 기회라는 말이 있지. 과연 그럴까? 모두가 같은 것을 보면서도 아무도 보지 못하는 것을 봐야 그게 좋은 기회가 아니겠니? 그것을 가능하게 하는 힘은 관점이야. 이제 네가 만나는 사람, 네 주변의 모든 것을 지금과는 다른 관점으로 바라보렴. 뭔가 다른 게 보이기 시작할 거야.

12 · · · · · · · · · · 생각이 없으면
고민이 커진다

과거에 대한 집착....
미래에 대한 고민......
그래서
얽히고 설키고 꼬이고......

학교 다닐 때 썼던 옛 공책이나 책을 다시 뒤적이다 보면 그 시절의 추억들이 아련하게 떠오르지 않니? 아빠의 공부 방식과 너희의 방식은 다르지 않았다. 교과서는 온통 총천연색 칼라의 '밑줄 쫙'으로 채워졌고, 노트에다 같은 내용을 몇 번씩 써 내려 가면서 외우고 그랬으니까. 머릿속에 집어넣으려면 그 방법 외에는 딱히 특별한 방법도 없었고.

지금은 과연 어떨까? 이젠 이런 구닥다리 방식 말고도 모르는 것을 내 것으로 만드는 방법이 무궁무진하잖니. 검색하면 다 나오고, 그것도 아주 친절하게 자세히. 이젠 모르는 게 있으면 억지로 외울 필요가 없어. 정보의 바다에서 쉽게 구할 수 있으니 말이다. 깊게 생각하고 내 것으로 만들기 위한 노력이 점점 필요 없어지는 듯해.

지식과 정보를 쇼핑하는 사회에서는 돈만 있으면 필요한 것을 살 수 있듯이 이제는 아주 쉽게 쇼핑하듯 모든 것을 구할 수 있어. 생각의 깊이나 논리적인 사고가 필요한 리포트쯤은 얼마 간의 돈으로도 얻을 수 있으니 말이야. 자, 이쯤 되면 지식의 깊이나 사고 능력이 중요한 것이 아니라 누가 얼마나 빠르게 효율적으로 검색해서 구하느냐가 오히려 중요한 것처럼 보여. 이렇게 쉽게 원하는 것을 얻을 수 있으니까 배움에 대해 냉소적이 되고, 밤새워 암기하는 옛 방식은 어리석은 짓으로 평가절하되기도 하는 것 같아.

참 세상이 많이 변했구나. 미디어 환경이 완전히 달라져서 정보가 공개되고, 오히려 정보가 넘쳐 나는 빅 데이터의 시대를 맞이하게 됐지. 그래서 지식을 쌓아서 생각의 체계를 갖추려면 과거처럼 암기하는 방식보다는 어떻게 하면 많은 데이터를 효과적으로 다루고, 그 데이터를 분석하는 통찰력이 중요해진 것 같다.

아빠 세대에는 그저 열심히 하면 그럭저럭 삶을 꾸릴 수 있었고, 노동의 양量이 중심이 되어 왔다면, 이제는 생각의 질質이 아주 중요한 가치가 되지 않을까 싶다. 이런 상황에서 중요한 것은 사고력思考力, 말 그대로 생각하는 힘이 아닐까 싶어. 지식 자체보다는 어떻게 생각하고 어떻게 살 것인가 하는 가치가 더욱 중요한 거겠지.

그런데 사람들은 대체 생각이 많은 걸까? 고민이 많은 걸까? 어쩌면 생각하지 않기 때문에 고민이 많은 것은 아닐까?

어니 젤린스키라는 사람이 이런 말을 했다지.

"사람들이 하는 걱정의 40%는 절대 현실적으로 일어나지 않을 것에 관한 것이다. 30%는 이미 일어난, 지나간 것에 관한 것이 대부분이다. 그리고 22%는 아주 사소한 것들이며, 4%는 어쩔 수 없는, 도저히 해결할 수 없는 것들이다. 불과 4% 정도의 걱정거리만이 우리들이 해결할 수 있는 성격의 것이다."

물론 현실의 어려운 문제에 대해 고민이 많을 거야. 그런데 그 고민의 대부분이 사실 과거에 대한 집착이나 미래에 대한 염려라면 참 안타까운 일이지.

고민만 많아서야 어디 세상에 딴지를 걸 수가 있겠니? 그러니 고민을 좀 내려놓고 생각하는 힘을 키우기 바란다.

" 여자 목욕탕은
어떻게 생겼을까? "
이건 호기심이
나를 만들었다.....

지금이야 거의 볼 수가 없지만, 오래된 나무로 만들어진 담벼락 어느 한 켠엔 작은 구멍이 뚫려 있고, 으레 있던 낙서와 글씨. 하지 말라고 하니까 오히려 들여다보는 모험을 감행했던 기억. 어느 하나 궁금하지 않은 것이 없었던 시절의 이야기다.

생각해 봐. 어렸을 적 너희들이 아빠에게 던졌던 '왜?'라는 무수한 질문을. 모두 다 지칠 줄 모르는 궁금증과 호기심 때문이었잖니. 그러다가 철이 들면서 세상에 가졌던 호기심과 결별하는 순간을 맞게 되지.

호기심의 반대말은 뭐라고 생각하니? 무관심 아닐까? 이게 참 무서운 말이 아닌가 싶어. 관심이 사라지니까 궁금한 것도 별로 없고, 질문할 일도 없으며 이런저런 상상을 할 필요도 없어지는 거지. 세상이 만든 기준을 쫓아가기 바쁘니 깊게 생각을 할 겨를도 없고. 경험과 지식과 상식에 묻혀 호기심과 궁금증이 사라지면서 일상은 점점 따분해져 가는 것 아닌가 싶어.

"나를 만든 것은 특별한 재능이 아니라 굉장한 호기심이었다."

아인슈타인이 남긴 말이야. 생각이 멈추면 나이만 먹어가는 법. 엉뚱한 호기심과 상상의 나래 펼치기를 멈추지 말자. 누구나 가졌을 만한 호기심으로 상상의 나래를 펴 보자.

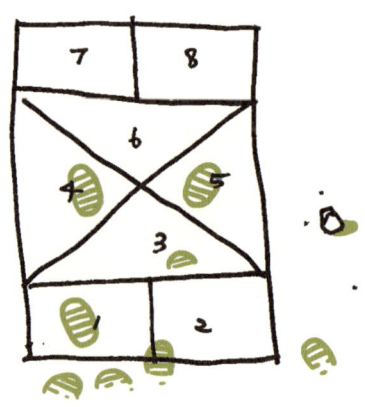

그저 땅바닥에
몇 줄 그어놓고
뛰어놀며 즐겼던 놀이...
기억하니?

운동장 같은 곳에 몇 줄 긋고 여럿이 함께 놀던 추억이 있다. 어릴 때 하던 옛 놀이는 도구도 필요 없고 이기든 지든 그저 즐거웠으며, 내일의 놀이를 기다리는 또 다른 즐거움으로 잠을 설치게 했어. 옛 놀이는 말 그대로 그저 즐거운 놀이었다.

스마트폰으로 즐기는 요즘 게임은 뭐 특별한 공간도 필요 없고 기계 앞에서 혼자 하는 게임이다. 화려한 그래픽과 이런저런 흥밋거리로 치면 옛 놀이와 비교할 바도 아니지. 아빠는 본디 '게임치'라 잘 모르겠다만, 별생각 없이 손만 까닥이는 킬링타임용 게임이 아닐까 싶어. 그런데 옛 놀이와 같은 그런 재미는 과연 있는 걸까?

"여러분, 일 많이 하고 잘 노세요."

비디오 아티스트 고 백남준 선생이 이런 유언을 남겼다지. 사람들은 자기가 좋아하고 즐겁게 할 수 있는 일에 집중할 때, 창조성을 발휘할 수 있다고 하더군. 창의적인 사람의 공통적인 대답이 그런 것 같아. 그래서일까? 공자님이 이런 말씀을 남겼다지.

"知之者不如好之者, 好之者不如樂之者."

아는 자는 좋아하는 자만 못 하고, 좋아하는 자는 즐기는 자만 못하다라는 뜻이야. 지식이 많은 사람이나 좋아하는 사람보다는 즐길 줄 아는 사람을 최고로 쳐 준 셈이거든.

그리고 참 희한하지. 아빠 옛 친구 중에 지금 잘 먹고 잘사는 사람들을 보면 학교 때 공부를 잘했던 친구들보다는, 오히려 담배 피고 놀고 싸움박질하고 성적도 그리 좋지 못했던 친구들이 더 많은 것 같아. 학교의 모범생이 꼭 사회에서의 출세가 보장되는 건 아닌 셈이지. 외려 하지 말라는 짓 하고, 수업 시간 땡땡이치고 담 넘어 라면 사먹고, 친구들과 어울려 다니던 불량 학생들이 더 출세한 것 같거든. 아빠도 사실 썩 바른 생활 사나이는 아니었어. 물론 삐딱한 것이 성공하는 충분조건은 아니지만 필요조건이긴 할 것 같아.

어느 대기업 사장이 트위터에 이런 글을 올렸더군.

"종일 진지한 토론, 운동 후 간단히 맥주 한 잔, 일찍 귀가해서 채소 위주로 식사하고 충분한 숙면을 취하는 것. 이게 과연 좋은 습관일까? 이런 교과서적인 행동이 다양한 인간관계와 불규칙에서 오는 창의성을 말살하는 건 아닐까?"

이 말에 담긴 의미는 어떤 정형화된 일상의 패턴을 반복하거나 함몰되지 말고 늘 새로움을 모색하라는 게 아닌가 싶어. 결국 여러 사람과 다른 환경을 접하면서 생각의 폭이 넓어질 수 있고, 일상의 틀에서 가끔은 벗어나서 다른 시선으로 바라볼 때 새로운 생각이 꿈틀

거릴 수 있는 거겠지.

대학 1학년 때 너는 교과서적인 삶에 대한 일탈로 일명 권총 F학점을 몇 개 받았던 적이 있었다. 그리고 네 홈페이지에는 이런 글을 써 놓았었지.

"시험공부에 스트레스받지 말기. 즐겁고 재미있게 살기."

헐, 누구 딸답다. 그걸 메꾸느라고 고생은 좀 했겠다만 별 탈 없이 졸업하지 않았더냐. 그러면 됐지 뭘.

나는 너의 일탈이 네 인생을 살아가는 데 어떤 식으로든 밑거름이 되어 주리라 여긴다.

사실 우리는 너무 성실과 노력만 강조했었지. 마치 그게 최선의 덕목인 양. 그런데 꼭 그렇지 않은 게 인생인 것 같아. 무조건 열심히 하는 것이 중요한 것이 아니고 여유로운 마음으로 즐기는 것이 오히려 삶을 더 행복하게 만들어 주는 게 아닐까 싶어.

올라갈 때
보지 못한
그 꽃.
내려갈 때
보았네ㅠㅠㅠ

모두가 다 바쁘다고 한다. 세상이 바쁜 건지, 자기가 바쁜 건지 모르겠지만 늘 바쁘다는 말을 입에 달고 사는 것 같아. 뭐 물론 실제로 바쁜 사람도 많지만 뭔가에 쫓겨 다니거나, 쫓아다니기 때문에 그런 게 아닌가 싶기도 해.

아빠가 살아온 모습도 별반 다르지 않아. 봄이 오고 꽃이 핀 지 한참 지났는데, 늘 다니던 길에도 피어 있었을 텐데, 무슨 생각과 고민이 그리 많았던지 제철에 본 기억이 별로 없어. 또 뭐가 그리 바빴던지 정작 해야 할 일을 잊어버리거나, 사람으로서의 도리를 못하고 지낸 것도 많고. 물론 너희에게도.

늘 어딘가에 오르려고 앞만, 위만 보고 달려온 듯 해. 주위의 꽃이 보이지 않았어. 늘 그 자리에 있었는데도. 물살을 가르려 노만 바삐 저었으니 물이나 경치가 보일 리도 없었고. 뭔가 골똘히 생각은 하는데, 바삐 스쳐 지나가니 제대로 보일 리가 없었겠지. 나이를 먹어가면서 걸어 올라온 길을 되돌아볼 여유가 점차 생기니 세상이 달라 보이더구나. 생각하는 방법도 달라지고.

"생각은 빠르게 하는 것이 아니라 생각의 크기가 훨씬 중요하구나."

아빠는 이런 깨달음을 얻었다. 딸아, 너희도 바쁘게 돌아가는 일상에서 벗어나는 훈련을 해보렴.

16 · · · · · · · · · 멍 때리고 비워야
생각을 채울 수 있다

즐겨라!
아무 것도
하지 않는
"멍때림의 자유"

느리게 걷다가 가끔은 아예 멈춰 보는 건 또 어떨까? 일상이 늘 그렇잖아. 바삐 일하고, 사람 만나고, 디지털 기기가 쏟아내는 정보 탓에 머리는 쉴 새가 없고.

부모들은 또 어떨까? 아이들을 그냥 놔두지 않잖아. 밖에서 친구들이랑 놀거나 가만히 있으면 마치 뭔가 큰일이라도 날 것처럼, 늘 뭔가를 하지 않으면 안 되는 것처럼 닦달하고 있으니 말이야.

"지금이 어느 땐데 놀고 있니? 빨리 공부해라!"

그러다가 뭐라도 잘 못하면 듣는 잔소리가 있지.

"넌 대체 생각이 있는 거야, 없는 거야?"

이것 참, 아침부터 밤늦게까지 쉴 새 없이 공부하고, 학교 마치면 학원까지 다녀야 하는데, 언제 생각할 여유가 있겠느냐는 말이야. 이럴 때마다 나는 이렇게 말하고 싶다.

"떠나라, 낯선 곳으로. 하루하루 낡은 반복으로부터.'"

그렇게 아빠도 가끔은 머리를 식힌다는 핑계로 훌쩍 일상을 떠나 어디론가 가 보지만 늘 실패의 연속이었지. 혼자 뭘 해 본 적도 별로 없고, 가만히 앉아서 생각하는 데 익숙하지 않기 때문에. 왜 우리는 가만히 있으면 안 되는 걸까? 왜 항상 뭔가를 바삐 해야 하는 걸까?

과연 아무것도 하지 않고 넋을 놓고 앉아 있다고 해서, 소위 멍 때리고 있다고 해서 그게 무의미한 걸까? 그렇지는 않은 것 같아. 뉴턴은 사과나무 아래서 멍 때리다가 만유인력의 실마리를 찾았고, 아르키메데스는 목욕탕에서 아무 생각 없이 앉아 있다가 부력의 원리를 발견하기도 했는데 말이야. 우리도 멍 때리다가 뭔가 깨닫고 발견하게 될지 알게 뭐야.

아이디어를 찾는 과정도 그래. 사실 몰입한다고 해서, 바쁘게 머리를 굴린다고 해서 찾아지는 건 아니란다. 아빠도 그래. 아이디어가 잘 안 풀리면 일단 접지. 그리고는 밖으로 나가서 사람들과 이런저런 잡담을 나눈다거나, 술 한잔 하고 비 내리는 걸 쳐다보다가 '유레카!'를 외치는 경우가 종종 있거든.

종일 밥만 계속 먹을 수는 없는 거 아니겠니. 소화하는 시간도 필요한 것처럼. 머리도 휴식을 좀 하고 재정비해야 생각이 맑아지는 거 같아. 그제야 상상하는 힘도 생기고, 멋진 아이디어도 만들어진단다. 비울수록 똑똑해지고 복잡한 생각들은 버릴수록 채워지는 이치랄까? 그러니 생각하는 힘을 기르려면 뇌에게 휴식의 자유를 보장하는, 멍 때리는 시간이 아주 중요한 의미를 갖는 것이 아니겠니.

머리를 비우니 비로소 보이는 법! 무엇을 자꾸만 하는 것도 중요하지만, 그 무엇을 내려놓고 쉬어 가는 것도 그 이상의 중요한 의미를 갖는 것이라고 봐. 멍 때린다는 말과 아무 생각 없는 것과는 조금 의미가 다른 것 같아. 쉴 때마저도 우리는 디지털기기를 보면서 정보를 주입시키는 경우가 많잖니. 그건 쉬는 게 아니지.

보통 사람은 일상생활에서 평균 30% 정도의 시간 동안 '잡념'에 빠져 지낸다고 해. 과학자들은 이 잡념이 생각을 보충하고, 이 생각에서 저 생각으로 넘어가는 가교 역할을 한다고 하더라.

가끔은 제대로 멍 때려 보렴. 비우고 채우고 또 비우면서.

17 ········ '욱' 할 줄도 알아야
생각도 자란다

나는
6.5００원짜리
라면을 앞에 놓고
분노한
치밀어 올랐다
〈1994년의 노트〉

1994년, 아빠는 노트에 이런 말을 썼더구나. 지금으로부터 20년 전에도 6,500원짜리 라면이 있었던 모양이야. 지금의 화폐 가치로 봐도 꽤 비싼 편이지. 그때 내 생각을 적어 두었던 것 같다.

200원짜리 생라면에 수프를 뿌려 먹었던 기억과 가난했던 시절, 옷한 벌 값과 맞먹었던 라면값에 대해 몹시 분노했었나 보다. 어찌 보면 참 사소한 정의감 같기도 하다만, 살다 보면 그런 쓸데없는 분노도 필요하다고 생각한다.

"사람에게 저지른 모든 불의에 분노하라. 인간보다 다른 가치가 앞서는 사회, 그에 대한 분노가 생각과 행동을 이끌어 낸다."

혁명가 체 게바라가 한 말이야. 무슨 커다란 혁명을 하자는 것은 아니지만, 적어도 우리의 꿈과 희망을 짓밟는 불의에 대해서는 마땅히 분노할 줄 알아야 한다고 나는 믿는다.

세상에 대해서 기쁨과 슬픔, 분노와 노여움은 분명해야 한다고 본다. 호기심도 죽고, 재미도 잃어 가고 관심도 없이 그냥 그러려니 하는 것은 올바른 게 아니라고 생각하기 때문이야. 화를 참는 것도 중요하지만, 분노할 것에는 분노해야 한다고 나는 생각한다. 그래야 생각의 뿌리가 곧고 바르게 자라는 것임을 믿기에.

18 · · · · · · · · · · · · · · · · · 가끔은
아날로그로 대화하자!

세상이 아무리 편해져도
잊지 말아야 할 것.
서로를 생각하는
·· 마음마음 ··

아주 오래전, 아빠는 너희에게 자주 엽서를 보냈다. 그냥 보면 종이 쪽지에 불과할 테지만, 그 안에는 많은 것이 담겨 있지. 몇 장을 썼다가 찢고 다시 쓰면서 너희를 생각하는 마음, 너희가 엽서를 받고 어떤 표정을 지을까 하는 상상, 그리고 잘 도착할까 하는 설렘까지.

그때 우리는 종이 위에 마음을 담아 생각을 나누었었지. 우리는 누구나 시인이 되었고, 상대방을 생각하며 한 자 한 자 적었단다. 밤새워 쓴 편지는 아침이면 왜 그리도 부끄럽던지. 빨간 우체통에 편지를 넣고도 마음을 다 담지 못한 것 같아 다시 꺼내고 싶었던 기억, 갖고 있지 않니?

지금은 이런 기억들이 흐릿해졌지. 이제 우리는 이메일로, 휴대폰 문자로 소통을 대신하고 있으니까 말이다. 간단하게 타이핑해서 버튼 하나만 누르면 상대방에게 자기 생각이 쉬 전달되는 스마트 시대에 살고 있는 우리. 참 편리해졌지.

그런데 편리하다고 다 좋은 걸까? 기계는 점점 똑똑해지는데 과연 우리도 그렇게 되어 가는 걸까? 기계가 사람에게서 오히려 서로를 생각하는 마음과 상상력을 앗아가는 것은 아닐까? 얘들아, 어떠니?

가끔은 우리 아날로그로 대화해 보자!

19 · · · · · · · · · · · · · · · 아이디어는
짜내는 게 아니라 꺼내는 것

누구에게나
소중하게
모아온 것들이 있다
〈인생은 결국 모으기 게임〉

어릴 적 너희의 보물 제1호는 스티커 아니었을까? 아빠는 딱지나 구슬을 모으는 것이 즐거웠단다. 너희도 삐뚤빼뚤한 글씨가 가득한 편지들과 스티커 사진처럼 좋아하고 모았던 물건이 있을 거야. 아마 누구에게나 그런 추억의 보물창고가 있을걸. 너희에게도.

생각이 남다르고 아이디어가 좋다는 것은 머리가 좋다거나 똑똑하다는 것과는 다른 이야기야. '나는 왜 아이디어가 없을까?'라고 말하는 사람은 사실 '아는 것이 없다'는 말이기도 해. 생각이 남다른 사람은 머리로 짜내지 않고 어디선가 꺼내어 쓰는 경우가 많기 때문이거든.

그래서 남다른 발상을 하려면 제 머리를 탓할 것이 아니라 마치 스티커를 모으듯 그 원천이 될 여러 가지 재료를 잘 모아서 보물창고에 쌓아 놓는 것이 중요해. 사람들과 나눈 이야기, 책에서 본 좋은 문구, 드라마의 멋진 대사, 광고의 한 줄, 감동을 준 노랫말 등 일상에서 만나는 모든 것이 어느 순간 큰 보탬이 되어 준단다.

기록하고, 노트하고, 메모하는 사람이 남다른 아이디어를 만들 가능성이 아주 높아. 그런 사람은 세상을 바라보고 해석하는 방법이 달라. 분명히.

20 ········· 스스로를 사랑해야
미칠 수 있다

나를
사랑하기로 했다
꿈이
생겼다 ......

독백을 좀 하자꾸나. 나는 과연 나를 얼마나 사랑하고 있을까? 가끔 옷을 사도 내가 좋아하는 가격의 것만 산다. 가격이 높아지면 발걸음을 돌리고 만다.

문득 나는 대체 누굴 위해 사는지 궁금했다. 돌이켜 보면 밖에서는 가족을 위해 돈을 벌었고, 집에서는 아이들을 위해 살았고, 나를 위해 쓴 시간은 거의 없었던 것 같다. 모두 다 남을 위한 삶이었다. 남들은 잘도 위로해 주면서 정작 나 자신을 위로해 주고 격려해 준 적은 있던가? 누구의 방해도 받지 않고 온전히 나를 위해 쓴 시간도 없지 않았는가?

나는 나를 사랑해 주기로 마음 먹는다. 그게 잘 될는지 모르지만. 그렇게 맘 먹으니 생각할 일, 해 보고 싶은 일이 많아지던걸. 불광불급不狂不及이라는 말이 있잖니? 미치지 않으면 미칠 수 없다는 뜻, 나를 사랑하기로 마음 먹으면서 뭔가에 몰입하는 힘도 생겼다.

너희도 그랬으면 좋겠어. 현실의 높은 벽이나 이런저런 어려움 때문에 무력해지지 않기를. 언제까지나 너희 안에 있는 가능성과 잠재력을 신뢰하고, 무한한 사랑을 스스로에게 보내길 바란다. 사랑하면 몰입할 수 있고, 몰입하면 마침내 미칠 수 있는 법.

3장.

일상에서
느끼고
발견하기

혼자 할 수 있어요

구름은 하얀색으로 칠하라고
엄마가 말씀하셨어요
그런데 비가올것 같은
하늘의 구름은 하얀색이
아니었어요
그래서 내눈에 보이는 그대로
색깔을 칠했어요
이제는요 어떤 일이든지
누가 시켜서 하진 않고
나 혼자 힘으로 할 수 있어요

아는 게 힘이라 하지
하지만 아는 게 병이 되기도 해

지식과 경험이 많다는 것은
그만큼 고정관념에 빠져 있을
가능성이 높다는 거야

구름은 회색?
결국 아빠도 구름은 하얀색이라는
고정관념 때문에 어른의 기준으로
회색 구름을 그린 네 시선을 재단한 셈이니까

지식과 지혜, 경험은
채워 나가면서 또 자꾸 비우면서 얻게 되고
깊은 눈빛도 갖게 되는 거란다

우리집은의
〈요정〉입니다...

요릿집처럼
방마다 훌 정도의
산해진미는 아니어도····
쓴 소주에 김치찌개 정도지만,
이 〈요정〉들라의
한잔 술을
늘 나를 기분좋게 취하게 합니다.
····우리 집의 밤은
낮보다 아름답습니다.
☆.

힘들어도 간다, 아빠 슈퍼맨이야!

안주가 풍족하지 않아도 집에서의 한 잔 술은 늘 유쾌했던 것 같다. 쓴 소주에 김치찌개 안주 하나여도 그 어디에서보다 행복한기분을 낼 수 있었으니까. 그래서 아이들이랑 '놀아 주러' 가야한다며 일찍 귀가하곤 했다. 그런데, 그런 말을 했다가 아빠 친구한테 혼난 적이 있었어.

"회사에 '일해 주러' 오나? '일하러' 오지. '놀아 주러' 가는 게 아니라 아이들과 '놀러' 간다가 맞지."

그랬다. 놀아 준다는 마음으로 집에 가면서 우리 사이에는 이상기류가 흐르기 시작했다.

너희가 세상을 익혀 가면서 아빠가 가졌던 절대 권력은 서서히힘을 잃어가기 시작한 것 같아. 좀 더 어릴 적에는 이렇게 해라,저렇게 하지 말라는 명령으로, 때론 무력을 앞세워 아빠의 권위(?) 유지가 가능했었지. 그런데 어느 순간부터 너희들의 저항이시작되었다.

"텔레비전 너무 보지 말고 공부나 좀 하지?"

예전엔 아빠의 이 말이 먹혔었거든. 너희는 내 말에 따랐으니까. 그런데 언제부턴가 토를 달기 시작했지.

"아빠도 누워서 맨날 보면서 왜 우리는 보지 말라고 해?

피곤해졌다. 명령이 아닌 대화가 필요해졌고 너희의 합당한 질문에 나는 늘 구차한 논리로 일일이 설명해야만 했다.

아빠는 무지 바빴었어. 그 시절 아빠 마음을 어느 가수의 노랫말이 대신해 주더구나.

"어느새 자식들 머리 커서 말도 안 듣네. 제 자식 밥그릇에 청춘 걸고, 새끼들 사진 보며 한 푼이라도 더 벌어야 했고. 힘들어도 털고 일어난다. 얘들아 걱정 마라, 아빠 슈퍼맨이야. 아무 것도 모른 채 뒹굴거리는 새끼들의 장난 때문에 나는 산다. 아빠 출근한다."

그래도 딸 키우는 재미에 살았던 시절이었단다. 귀엽고 예쁘게 자라고 있었으니까. 하지만 살갑게 몸을 부대낄 수 있는 시간은 너무 짧아서 안타까웠다. 아빠와 딸로서는 함께 목욕할 수 있는 시간이 그리 오래가지 않았기에.

너희에게도 변화가 찾아왔다. 어릴 때는 그저 하고 싶은 것만 해도 즐거울 수 있었겠지. 그런데 너희도 커가면서 어떤 틀 안에 들어갈 수밖에 없었다. 유치원에 다니고 학교에 들어가면서 또래 친구들과 어울리는 법을 배우게 된 거지. 그건 굉장한 변화의 시기였던 것 같아. 세상에는 하고 싶은 것뿐만 아니라 해야 할 것과 또 하지 말아야 할 것들이 있다는 것을 체험하고, 잘하는 것과 못하는 것을 깨우쳐 가는 시기였던 것 같아.

다른 누구와 비교되거나 비교할 수밖에 없는 때가 너희에게도 찾아온 셈이다. 어린아이지만 너희 스스로 하나의 독립된 존재로서의 자아라는 것이 알게 모르게 만들어진 시기일거야.

여전히 아빠의 생각에는 변함이 없었다. 너희에게 바라는 것은 딱 하나, 뭐 특별한 아이가 되기보다는 그저 아프지 말고 건강하고 착하게, 친구들과 잘 어울리는 녀석들이었으면 좋겠다. 하고 싶은 것 있으면 힘닿는 데까지 뒷바라지해 주마 하는 각오뿐. 아직까지는 품 안의 자식이라고 굳게 믿고 있으니까.

· · · · · · · · · · · 아이의 눈으로
세상을 보자

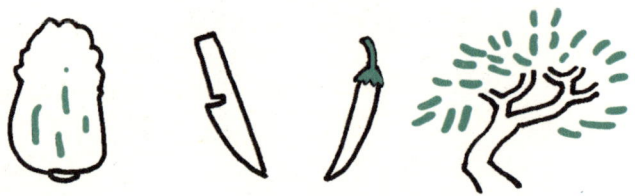

배추.칼.고추. 소나무
서로
관계가 없는
하나는 ?

이 질문에 대한 답은 그야말로 다양하게 나오더구나. 소나무가 가장 많이 나온 답이었어. 배추, 고추, 칼은 김장하는 재료로 보고 소나무는 그렇지 않다고 봤기 때문일 거야. 다음은 칼이었어. 살아 있는 것과 죽은 것의 차이, 자연이 만드는 것과 사람이 만드는 것의 차이를 보고 답하는 경우였고. 배추라고 답한 사람은 배추는 둥글고, 나머지는 날카롭다고 보았기 때문에.

이 질문에 대한 답을 비교해 보면, 지식이나 경험에 의존하고 있느냐, 아니면 상상의 나래를 펴서 생각하고 있느냐의 차이가 보여. 소나무라고 대답한 사람은 대부분 나이 많은 어른인 경우가 많아. 자신이 일상에서 겪은 대로 김장을 떠올리고 경험에 의한 분류 기준을 적용한듯해.

반면 칼이나 배추라는 답에 담긴 판단 기준을 보면, 어떤 경험이나 현상과는 상관이 없이 나름대로 독특한 분류를 하고 있음을 알 수 있어. 생물과 무생물로 보거나, 각각의 사물이 갖는 의미에서 서로 다른 의미를 찾고 있고. 이건 아이의 시선에 가깝지. 아무래도 남다른 상상력이 보인다고 할까?

그런데, 이 대답이 '갑'이더구나.

"고추요. 남자만 가질 수 있는 거잖아요."

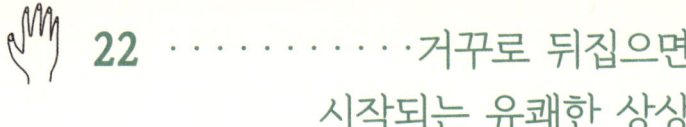

22 · · · · · · · · · · · 거꾸로 뒤집으면
시작되는 유쾌한 상상

뒤집어진
생각하는 사람.
황당함
그거 참···· 남다름.

'괴짜 노벨상'이라고 불리는 이그노벨상을 아니?

　오줌을 참으면 사람들은 나쁜 결정을 한다는 행동 심리 연구

　신발 위에 양말을 신으면 빙판 길에서 미끄러지지 않는다는 연구

　바지 지퍼에 남성의 그것이 끼었을 때의 응급처치법에 대한 논문

　양복에 부착하여 고기 냄새를 없애는 향기 캡슐 개발

　단체 사진 찍을 때 눈 감은 사람이 한 명도 나오지 않게 하려면 몇 장

　의 사진을 찍어야 하는지에 대한 연구

이 상을 만든 사람의 이야기를 들어 보렴.

"스티브 잡스가 세상을 바꾼 아이디어는 처음엔 모두 황당한 것이라고 했죠. 상의 선정 기준은 '사람들을 웃게 하는가, 그리고 사람들을 생각하게 하는가'입니다. 그러나 이 상의 목적이 그저 웃음을 주기 위함은 아닙니다. 세상 모든 것에 호기심을 갖기를 바라는 것이지요. 창의성은 그냥 쥐어짠다고 나오는 것이 아닙니다. 얼핏 보고 나서 '이게 무슨 아이디어야?'하고 선을 긋지 말았으면 합니다. 어떤 문제를 해결하기 위해 궁금증과 호기심을 잃지 않으면 반드시 창의적인 아이디어가 떠오를 수 있으니까요."

이그노벨상의 상징으로 로댕의 생각하는 사람을 거꾸로 뒤집어 표현해 놓은 것도 이런 의미가 아닐까?

23 · · · · · · · · · 답이 없는 문제는
어떻게 풀까?

우리나라에서
하루에 팔리는
짜장면은
몇 그릇이나 될까?

이 문제를 풀 때, 우선 굉장히 분석적으로 접근하는 경우가 있을 거야. 대한민국 인구 5천만 명 중에서 경제 활동 인구를 추려서 학생, 직장인, 주부 등 계층으로 나누어 보고, 평일과 휴일의 경우, 가족이 외식하는 경우 등 라이프 스타일을 분석해서 답을 내는 사람이 있겠지.

아니면 직관적으로 답을 내는 경우도 있을 거고. 가령 5명 중 1명은 먹을 것 같으니 '1천만 그릇'이라고 추정을 하거나, 짬뽕보다는 짜장면을 많이 먹으니 '짬뽕보다는 많이 팔릴 것이다'와 같은 답을 내는 사람이 있을 거야.

이런 유형의 문제는 원자력의 아버지, '페르미'라는 사람이 낸 문제였다고 해. 그래서 '페르미의 추정'이라고 불리기도 하는데 정답이 존재하지도 않고, 완벽한 답을 원하지도 않는 것은 물론 문제를 내는 사람도 답을 모르는 것이 특징이야. 일상에서 흔히 접할 수 있는 문제를 가지고 어떻게 풀어가는지를 보는 테스트인 셈이지.

페르미의 추정을 접하게 되면 원래 알고 있던 지식을 사용하는 것이 아니라 자신에게 가장 익숙한 사고방식으로 문제의 실마리를 풀어나가게 돼. 어떤 답을 내놓느냐에 따라서 논리적 사고에 익숙한 사람인지 직관적 사고에 의존하는 사람인지 파악이 되는 거야. 딸아, 너는 어떤 사고의 힘으로 사는 사람이니?

24 · · · · · · · · 상상력과 창의력은
어디에서 올까?

남다르고
기발한 생각은
특별난 걸까?
어려운 걸까?

아빠도 광고 일을 했다만 기발한 상상과 아이디어를 만드는 사람은 어딘가 특별하게 보이는 것 같아. 어떻게 하면 그렇게 창의적인 생각을 할 수가 있는지 물으면 이런 답을 한단다.

"창의력이나 상상력은 엉뚱하고 기발한 것이라고 생각하는데, 그건 잘못된 생각이에요. 오해죠. 환상이에요. 상상력과 창의성은 당연한 것에 대한 관찰력, 진지함과 성실함, 그리고 몰입에서 나오는 것이라고 봐야 해요. 끊임없는 호기심과 질문, 치열하게 파고들어 끝장을 봐야겠다는 집요함의 결과물이라고 봐야 옳아요. 처음부터 타고나는 사람은 없습니다."

그렇다면 기발한 아이디어는 어디서 구하는지 묻게 돼.

"무슨 특별한 방법이 있는 줄 아는데 그런 거 없어요. 대단한 발상을 해서 만들어지는 것도 아니에요. 무릎을 탁 치게 만드는 멋진 아이디어가 하늘에서 툭 떨어질 리 없잖아요. 답은 아주 가까운 데 있어요."

상상력 혹은 창의력은 익숙한 것을 낯설게 표현하는 것이거든. 기발한 아이디어는 우리 일상 생활 주변에 있다는 말이 아닐까? 그러니 창의력이 필요할 때 일상생활을 잘 관찰해서 나름의 상상력을 발휘하면 그리 어렵지 않을 거야.

25 · · · · · · · · · 남다르게 쓰거나
섞어서 새롭게 쓰거나

남다른 생각의 뿌리
일탈(日常)

에디슨이 한 일은 무엇일까? 그는 발명을 통해 세상에 존재하지 않는 것을 만들어 냈다. 그렇다면 위대한 예술가처럼 남다른 발상으로 세상에 커다란 변화를 이끈 사람들이 한 일은 무엇일까?

그들의 이야기 속에 담긴 공통점은 남다른 아이디어는 늘 가까운 곳에 있다는 거야. 그것을 남다르게 쓰거나, 잘 섞어서 새롭게 쓰는 것이지. 세상에 없던 것을 만드는 게 아니라 세상에 이미 존재하는 것으로부터 그들의 위대함이 만들어진 거라는 거야.

일상을 바라보는 것은 두 가지 다른 관점이 있는 것 같아. 관습이나 논리적인 분석에 익숙한 사람은 대개 어떤 문제를 접했을 때 문제와 관련 없는 변수나 정보를 배제하는 방식으로 풀어 가는 경우가 많아. 문제가 될 가능성을 제거하는 방식을 취하는 거지. 어떤 분야의 전문가일수록 이런 방법을 택할 가능성은 높을 수밖에 없어. 새로운 아이디어를 만났을 때 그 아이디어를 자기가 옳다고 생각하는 기준에 맞춰 검열하거나, 자기 생각과 일치하는지에 초점을 맞추는 이런 사고는 수학이나 과학처럼 정답을 찾는 과정에는 유효한 방법이기는 해.

반면 창의적인 사람은 자기 생각과 다르거나 관련 없는 모든 생각에 가능성을 열어 두고 넓게 바라보는 자세를 갖지. 자신의 지식에 빗대어 보지 않고, 있는 그대로를 다양한 관점으로 바라보고 해석해서 나름의 의미를 부여하거나 찾아내기도 하고. 그래서 서로 다른 사물이나 아이디어에 대해서 흑백논리로 평가하지 않고 새로운 의미를 찾아보려 노력하게 되거든. 그렇다면 우리는 평소 어느 편에 가깝게 생각하고 있을까?

남다름의 뿌리는 바로 일상이야. 그러나 일상은 우리가 가만히 있으면 아무 것도 가져다주지 않아. 우리가 어떻게 일상을 대하느냐에 따라 얻는 것도 달라지기 마련이기 때문에.

남다른 발상을 하는 첫 번째 힘은 '발견'이야. 원래 존재하는 것에서 이전까지는 보지 못했던 남다른 의미와 가치를 보는 힘이 발견인데 그 시작은 일상을 잘 관찰하는 데 있어. 관찰이 발견으로 이어지려면 '상상'이 더해져야 해. 상상력이 더해질 때 이미 있는 것에서 남다른 것이 나올 거야.

남다른 발상을 하는 두 번째 힘은 '창조'야. 창조는 원래 존재하는 것에서 좀 더 적극적으로 새로운 개념과 의미를 찾아내는 거야. 역시 잘 관찰하는 것이 전제가 되어야 하는데 창조로 이어지려면 '접목'의 과정이 필요해. 접목이란 '짝짓기'야. 서로 관계없는 것처럼 보이는 두 가지 이상의 개념을 연결해 새로운 가능성을 모색하는 거지. 이미 존재하는 것이 각자 '최초의 의미'를 갖고 있는 것이었다면 짝짓기 과정을 통해 '새로운 의미'를 갖는 것으로 재 탄생하게 돼.

"하늘 아래 이제까지 전혀 존재하지 않았던 새로운 것은 없다."

"애플은 기술과 인문학의 접목의 결정체다."

"창의력은 여러 가지를 서로 연결하는 능력이다."

스티브 잡스의 말은 창조의 개념을 이해하는 데 도움이 될 거야.

남다른 아이디어를 만든다는 것은 우리가 이 세상에 없는 것을 발명하지 않는 이상 결국 일상에서 발견하거나 창조해내는 것이라고 요약할 수 있을 것 같아.

지금 주변을 둘러봐. 내 책상, 집 안에 있는 물건, 오늘 하루 겪었던 일과 사람, 나누었던 대화, 보았던 것을 잘 되짚어 봐. 그냥 흘려보내지 말고 잘 생각해 보면 그 안에서 남다른 의미로 다가오거나 새로운 의미로 다가오는 게 있을 거야.

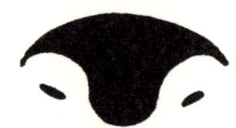

펭귄과
인큐베이터····,
어떤
연결고리가
있을까?

미숙아나 이상이 있는 신생아를 보호하는 기계라는 뜻의 인큐베이터. 아빠의 브랜드이기도 하지. 이 브랜드 이름에는 미숙한 신생아를 키우듯 아이디어를 만들고 구조화하는 일에 미숙한 사람들에게 코치가 되어 준다는 의도를 담은 것이었어.

그런데 네가 기막히게 시각화해 주었더구나. 남극의 펭귄은 어린 새끼 펭귄이 태어나면 추위에 견딜 수 있도록 안아 준다면서? 여기에 착안해서 인큐베이터의 뜻과 연결하고, 아빠의 의도까지 정확하게 담아내 직관적으로 이해할 수 있게 표현해 주었으니 말이다.

모티브란 말이 있잖니. 어떤 예술 분야에서 표현의 동기가 되어 주는 것을 뜻하지. 그러니까 남극의 펭귄을 모티브로 인큐베이터와 잘 연결시켜 멋진 완성물을 만든 것 같아.

그런데 이런 발상은 디자인이나 예술 분야에만 한정된 것은 절대 아니라고 봐. 자기가 하는 일, 자기가 관심 가지고 있는 분야가 무엇이든 간에 자기 생각을 표현하고 다른 사람을 설득하기 위해서는 어디선가 끌어와서 엮는 것이 효과적인 방법이야. 자기 생각을 잘 표현하기 위해서는 주변을 둘러보면 주위 어딘가에 적절한 소재들이 반드시 있다는 것을 기억하렴.

두 개의
동그라미...
무엇으로
보이니?

이 질문의 의도는 생각하는 관점을 묻는 거야. 그 사람이 그냥 아무 생각 없이 바라보는지 아니면 어떤 의미를 부여하거나 새로운 의미를 만들어 내려고 하는가에 따라 재미난 결과가 나오지.

먼저 그냥 동그라미 2개로만 보는 의견들은 누구나 다 생각할 수 있는 범위에서 크게 벗어나지 않지.

'소주잔. 계란후라이. 커플링. 훌라후프. 대머리 아저씨'

일상의 소재들과 연관시켜 접근한 사람들에게는 다른 의견이 나오더구나. 이런 답은 왜 나왔을까? 생각해 보렴.

'대구 지하철 표. 물 위에 떠 있는 기름. 잠수함에 있는 창문'

일상의 소재에서 의미를 찾아 연결하니 대답이 달라지더라. 이런 대답들은 참 기발해 보이더구나.

'엄마 배 속의 아이. 내 안의 또 다른 나. 사람들의 속마음'

두 개의 원을 은유적으로 표현하는 것, 사물을 보는 방식에 변화를 주면 지금 보고 있는 것에 변화가 생긴다는 것이 놀랍지 않니?

28 ····· 복잡한 문제를 돌파하는
3가지 방법

단순화시키고
멀리 떨어져서 보고
원리로 살펴라☆

나이를 먹어가면서 슬퍼지는 것 중의 하나가 노안이란다. 가까운 곳의 글자가 잘 안 보이기 시작하는 건데, 늙어간다는 징조이기도 하지. 이럴 때 글씨를 보려면 멀리 떨어져서 봐야 하거든.

여기에 묘한 인생의 지혜가 숨어 있는 것 같아. 가까운 곳의 글자가 안 보이는 것은 얼핏 슬픈 일이기는 하지만, 인생 역시 복잡한 일상의 한가운데서 바라보는 게 아니라 멀리서 폭넓게 바라보라는 깨우침을 주거든. 나이를 먹었기 때문에 할 일이 점점 없어지는 건 사실이지만, 나이를 먹었기 때문에 잘 할 수 있는 일도 많은 법이지. 그만큼 복잡한 인생살이를 넓은 시야로 바라볼 수 있는 거니까.

살다 보면 어떤 일이나 인간관계도 단순하지 않고, 복잡한 경우가 대부분이야. 그럴 때 어떻게 바라봐야 복잡한 일을 잘 풀어낼 수 있을까? 이럴 때 노안의 지혜가 필요할 지 몰라.

노안의 지혜 첫 번째, 복잡한 문제를 단순하게 하라.

복잡한 문제를 풀 때는 문제를 단순하게 만들 필요가 있고, 단순하게 만들기 위해서는 어디에 핵심이 있는가를 파악해야 해. 핵심을 풀면 나머지는 쉬워질 테니까. 아무리 복잡한 일이라도 그 문제를 푸는 실마리는 있게 마련이고, 그 부분을 찾아 집중적으로 파면 전체를 해결하기가 쉽다는 뜻이겠지.

노안의 지혜 두 번째, 핵심을 보려면 멀리서 보아라.

커다란 돋보기안경에 촌스런 빨간색 줄무늬를 입은 월리를 알고 있니? 사람들이 복잡하게 모여 있는 곳에 숨어 있는 월리 찾기 열풍이 한 때 있었지. 월리를 찾으려면 어떻게 해야 할까? 그렇지. 책을 손에서 멀리 떨어트려 놓고 봐야 복잡한 곳에 숨어 있는 월리가 보이지. 손금을 볼 때도 비슷한 이치 아니겠니. 손바닥에 패인 손금을 보려면 손을 멀리 놓고 봐야 전체가 보이잖니.

노안의 지혜 세 번째, 요리조리 살펴라.

무언가의 문제를 풀기 위해서 우리는 대개 그 문제에 바짝 다가서서 풀어 보려 하는 경우가 많은데, 사실 그것보다는 오히려 문제를 멀리 떨어트려 놓아야 잘 보이는 거거든.

큐브는 어떻게 하면 잘 맞출 수 있을까? 급한 마음에 이리저리 돌려본다고 해서 빨리 맞출 수 있을까? 전혀 그렇지 않잖니? 계속 엉키기만 할 뿐. 그러니까 맞추기 이전에 우선 사방으로 요리조리 살펴보고 큰 구조를 봐야지. 같은 사물이라도 보는 방향과 각도에 따라 달라 보이게 마련이거든. 아무리 복잡한 구조로 되어 있더라도 다양한 각도에서 입체적으로 살펴보면 분명 어딘가에 그 복잡한 구조를 푸는 실마리가 있게 마련이니까.

복잡한 일이나 관계를 풀려고 가까이 다가가려면 오히려 더 복잡해지고 꼬이는 경험이 많지 않니? 복잡한 문제의 핵심을 잘 살펴보고 그 실마리를 당기면 다른 것은 간단하게 풀릴 수 있단다. 그 핵심을 찾아내려면 멀리 떨어져서 담담하게 살펴보아야 한다는 것을 잊지 말고!

나이 50에
드로잉을 배웠다.
늘 넘던 세상이
달라보이기
시.작.했.다

일하면서 가장 아쉬웠던 것 중의 하나가 있었어. 여러 아이디어는 떠오르는데 도대체 시각적으로 표현하는 재주가 없었던 거지. 내 생각을 상대방에게 말로, 글로 전달하다 보니 제대로 표현하기 어려웠던 적도 많았고. 그래서 늘 입에 달고 산 말 중의 하나가 있어.

"우씨, 다시 태어나면 꼭 디자인 배우고 만다!"

그런데 그건 다음 세상으로 미룰 일이 아니었어. 그림을 그리는 젊은 친구에게 무작정 드로잉을 배우기 시작했지. 놀라운 변화가 생기더구나. 늘 보던 길거리가 다르게 보이고. 스쳐 지나갔던 것을 자세히 들여다보게 되었어. 자연스럽게 집중력도 생기고 따분한 일상이 흥미로워지기 시작했지.

드로잉이라는 것이 3차원 일상을 2차원 평면에 옮기는 일이라 쉽지는 않았거든. 그런데 원근감과 입체감, 명암과 구도에 대한 원리만 익혀도 호기심도 생기고, 어떻게 그려야 할까 고민하면서 상상력이 되살아나는 느낌과 에너지가 생기는 것 같았어.

그림은 상상력을 깨우는 힘이 되어 주거든. 초보 단계이지만 나는 드로잉을 하면서 다시 생각이 자라는 것을 느꼈어. 그래서 스스로 창의적인 사람이 되기를 바라는 모든 이에게 권하고 싶어. 드로잉을 배워 보라고.

30 · · · · · · · · · · 창의력을 키우는
29가지 방법

1. 리스트를 만들어라.

2. 어디든 노트를 가지고 다녀라.

3. 생각나는 대로 적어라.

4. 컴퓨터를 멀리 하라.

5. 자격지심에 빠지지 마라.

6. 휴식을 해라.

7. 샤워하면서 노래해라.

8. 커피를 마셔라.

9. 새로운 음악을 들어라.

10. 마음을 열어라.

11. 창의적인 사람들과 어울려라.

12. 피드백을 받아라.

13. 누군가와 함께 일해라.

14. 절대 포기하지 마라.

15. 연습, 연습, 또 연습해라.

16. 자신의 실수를 용서하라.

17. 새로운 곳에 가보라.

18. 스스로 축복받고 있음을 확신하라.

19. 마음껏 휴식을 즐겨라.

20. 위험에 맞서라.

21. 틀을 깨라.

22. 무리하게 밀어붙이지 마라.

23. 사전의 한 페이지를 전부 읽어라.

24. 나만의 생각의 프레임을 창조하라.

25. 완벽하게 하려고 애쓰지 마라.

26. 아이디어가 떠오르면 바로 기록하라.

27. 업무 공간을 깔끔하게 정리하라.

28. 즐겁게 지내라.

29. 무언가를 끝까지 완성하라.

* 출처 : 29 Ways to Stay Creative

4장.

다른 생각
존중하고
배려하기

어느 집이나 그렇겠지만
너희도 자라면서
이날 이때까지
때로는 싸우고
때로는 의지하며 함께 해 왔다

서로 이해하기보다
자기 입장을 앞세워
제 편으로 당기려 할 때
늘 문제가 생기지 않았니?

서로 보듬어 주고 이해하면,
그 모습 얼마나 보기 좋더냐

그런데 엄마랑 아빠는 왜
그게 잘 안 되는지 모르겠다

↑

오늘
이 녀석이
저거 얼굴에
< 피어싱 >
이란 걸 하고
들어 왔습니다.

...

저거참,
아무러
할말이
없습니다.
오늘은......

ㄱ

기른 건 난데, 나를 가르친 건 너희였다

아무리 자유로운 사고를 하는 사람도 부모가 되면 어쩔 수 없이 보수적인 사람이 될 수밖에 없는 것 같다. 나는 아이들이 공부에 얽매여 너무 바르게 사는 것보다는 방황도 하고 고민도 하면서 자유롭게 커가는 게 좋다는 입장이었다.

제 살을 뚫어 장식하는 '피어싱'이 유행이던 때에도 그것 역시 자유로운 개성의 표현이라고 박수를 쳐주었다. 그런데 어느 날, 네가 '그 짓'을 하고 왔다. 나는 더 이상 자유로운 사고를 가진 아빠가 아니었고, 그 날 이후 나의 노트는 한참이나 멈추었다.

너희가 중고등학생 시절, 아빠는 한참 바빠 일하던 시절이었다. 슈퍼맨처럼 살아야 했다. 안팎으로 스트레스에 시달려야 했으며 지구는커녕 가정 하나 지키기도 버거웠다. 솔직히 말하자면 밤늦게 술 먹고 들어오고 주말에는 퍼져서 자는 보통의 아니 어쩌면 평균 이하의 아빠였다.

그 무렵, 너희에게도 마침내 그 분이 오셨다. 바로 사춘기. 아이가 성인이 되는 시기에 찾아온다는 그 분. 사람마다 사춘기를 겪는 정도의 차이가 있다고 하던데 너희도 만만치가 않았다. 딸아이의 몸에 변화가 올 때 꽃 한 송이나 속옷을 선물해 줄 만큼 세

심한 아빠도 있다고 하던데, 나는 그런 마음 씀씀이 없이 딸들의
사춘기와 맞닥뜨리게 되었다.

그 때 나는 사춘기 딸들의 민감함과 예민함을 이해하지 못했다.
뭐라 한마디라도 하면 문을 쾅 닫고 들어가고, 나는 종종 감정
섞인 큰소리를 해야 했다. 나는 너희가 어떤 생각을 하는지 전혀
고려하지 않는 전형적인 어른의 잣대를 들고 너희와 맞섰다.

언젠가 네가 며칠 학교를 안 간 적이 있었던 걸 기억한다. 연락도
안 되는 네게 수없이 전화를 해대고 참 안절부절못했었지. 별 상
상도 다 하게 되고. 그때 우리가 나누었던 문자를 또렷하게 기억
한다.

"아빠, 나 죽고 싶어. 좀 가만 놔둬!"

그리고 돌아온 네게 물었다. 어디서 뭘 하다 왔느냐고. 너는 가정
환경이 어려운 네 친구가 힘들어해서 같이 있어 주고 왔다고 했
다. 네게 냉면 한 그릇 사 주면서 속으로 이 못난 아빠를 얼마나
자책했는지 모른다. 네가 참 고마웠다. 그냥 제 고민에 빠진 게
아니라 친구와 고민을 나누려 한 그 마음이 너무 고마웠다. 제
아이를 믿고 지켜봐 주지 못한 내가 너무 미웠고, 어른답지 못했
던 내가 몹시 부끄러웠고, 힘들 때 제대로 토닥거리지 못한 아빠

임을 자책했다.

대화와 소통, 믿음이 가장 중요한 시기에 나는 참 못나디못난 아빠였다. 잘 품어 주고 보듬어 주면 시간이 해결해 줄 것을, 어른답지 못 했음을 뼈저리게 반성하고 있다.

시련의 시기를 잘 이겨내고 알아서 제 갈 길 잘 갈 아이였는데 왜 그랬는지 지금 생각하면 피식 웃음도 나온다.

고맙다. 어려운 시기를 잘 이겨 내고 잘 자라 주어서.

20th Anniversary
ARARIO GALLERY

31 ········다른 것과 틀린 것은
다르다

뭐가
넓이지나요?

아마 캐나다 사람은 '캐나다 국기'가 보인다고 답을 할 거야. 청소부는 '지겨운 쓰레기 같다'고 답할 가능성이 높고. 벌레가 보기에는 '맛있는 음식'일 수도 있을 거고. 사진가가 보기에는 '촬영하기 좋은 피사체'로 보일지 몰라. 아담과 이브가 보기엔 이 나뭇잎은 제 몸을 가렸던 '속옷'이라고 답할 수도 있을걸.

같은 것을 보고 자신의 입장과 이해관계에 따라 다르게 보일 수 있다는 사실을 새삼 느끼게 해 주는 것 같지 않니? 그러니까 '서로 생각이 다를 수 있다'는 것을 기억할 필요가 있지. 이럴 때가 있잖니? 생각과 아이디어는 너무 훌륭한데, 사람들이 알아주지 않아서 속상한 경우가 있지? 내 생각이 맞는데 다른 사람이 몰라본다고 느껴지고 말이야. 나는 맞는데 다른 사람은 틀렸다고 생각한 적이 어디 한두 번이겠니.

서로 생각과 관점이 다르다는 것을 인정하지 못하고, 생각이 서로 '다른' 것을 생각이 나와 '틀린' 것으로 착각하고 있으니 '에이, 세상은 내 맘을 몰라주는구나!'하는 식이 되어 제 잘난 생각에 대화할 생각은 않고 자신을 얽매는 우를 범하기가 쉽지.

결국 사람들 사이에서 내 아이디어를 빛나게 하려면 다른 것을 틀렸다고 생각하지 않고 존중할 줄 아는 마음가짐이 첫 단추라는 것을 잊지 말자.

2008년
사람들은
촛불을 들고
거리로 나섰을까?

아빠도 그 자리에 있었다. 다음 날, 아는 이에게서 전화가 왔다.

"큰일 났어요. 텔레비전에 나왔어요."

그때 9시 뉴스에서는 '축제 같은 시위'라는 제목으로 촛불 시위가 벌어지고 있는 서울 광장의 분위기를 스케치해서 내보내고 있었다. 내가 탑차 위에 올라가서 한 얘기가 흘러나왔다.

"딸 아이하고 같이 나왔습니다. 여러분, 사랑합니다."

당시 미국산 소고기 수입을 일방적으로 결정한 정부에 반대하는 시위가 연일 이어졌었다. 교복 입은 학생, 유모차 끌고 나온 젊은 엄마들, 그리고 너나없이 길거리에 나와 미국산 소고기는 국민 건강에 위험하니 수입 결정을 철회할 것을 요구하면서.

그 일이 있기 한 달 전, 나는 미국에 있던 너를 만나러 갔었고 미국에서 미국산 소고기를 맛있게 먹었었다. 그런데 왜 아빠는 거리에 나섰던 걸까? 전에 아빠는 이런 글을 썼었어.

"제가 보기에는 촛불 집회의 원인이 미국산 소고기 수입 사실 자체에 있는 것 같지는 않아요. 일방적으로 결정했다거나 협상 과정의 잘잘못에 원인이 있기보다는 정부의 자세에 문제가 있었다고 봐요."

"국가를 회사라고 칩시다. 그렇다면 대통령은 사장이겠지요. 그런데 국민은 회사의 직원이 아니라 소비자에 가깝습니다. 대통령은 국민을 마치 자신이 채용한 직원을 대하듯 마음에 안 들면 잘라 버릴 것 같이 행동하는데 이게 문제의 핵심인 것 같습니다. 제대로 된 사장이라면 소비자를 설득해야지요. 미국산 소고기가 안전하다고 아무리 설명해도 국민이 무식해서 모른다고 무시하고 있잖아요?"

이때 정부의 태도는 이렇게 느껴졌어. 마치 동네 아이들이 소꿉장난하다가 삐치는 것 같았지.

"나는 잘났는데 너는 못났고 내 말도 듣지 않으니 너랑 말 안 해."

아빠는 이것이 광화문 거리로 사람들이 쏟아져 나온 이유라고 생각한다. 이런 식이라면 아무리 정부라고 해도 갈등을 해결할 수 없는 거야.

'아' 다르고 '어' 다르다는 말이 있다. 그런데 이 말뜻은 말하는 사람의 발음이 다르다는 게 아니고, 받아들이는 사람의 감정이 그렇다는 거거든. 그래서 서로의 생각을 같은 눈높이에서 나누기 위한 대화가 너무너무 중요한 거고. 결국 '소통'의 문제인 것 같아. 촛불 집회는 소통하지 않는 정부에 대한 저항이라고 봐. 국민은 분명 다른 생각을 가질 수 있는데 틀린 것으로 보고 소통을 단절했기 때문에,

정부의 생각과 국민의 생각이 당연히 같을 것이라고 착각했기 때문에 우리는 촛불을 밝힌 게 아닌가 싶어.

누구나 제 입장과 처지에서 세상을 바라보기 마련이고, 나름대로 어떤 주관적인 생각이 있게 마련이야. 그래서 서로 다른 것을 존중하고, 이해하려는 노력이 앞서야 조화를 이룰 수 있는 건 너무 당연한 이치 아니겠니. 그래서 나와 다른 사람, 내 생각과 다른 생각, 내가 옳다고 여기는 가치와 다른 사람이 옳다고 여기는 가치, 내가 사는 방식의 삶과 다른 방식으로 살아가는 사람의 삶, 이 모든 것을 존중하고 이해하려는 노력이 중요하다고 봐. 그러면서 서로 다른 것에 대해 소통하면, 살면서 불필요한 오해나 갈등은 많이 없앨 수 있을 거야.

세상 이치란 자기중심적으로 생각하면 오해와 갈등이 필연적으로 생기기 마련이지만, 차이를 존중하고 다양성을 포용하면 서로 조화를 이루기가 쉬워지는 법이거든.

지혜는
들음으로써 생기고
후회는
말 많음으로써
생긴다

다니던 회사를 그만두겠다고 하면서, 그날 넌 무지 많이 울었다.

"아빠. 일이 힘들어서 못 하겠어. 일도 내 적성에 안 맞는 것 같아. 힘들고 짜친 일만 맡게 되고, 할 일도 없는데 눈치 보느라 퇴근도 맘대로 못해. 클라이언트들은 말도 안 되는 요구를 하고 말이야. 회사가 원래 그런가? 나, 그만두고 싶어. 내가 하고 싶은 게 있다고 했잖아."

그런 얘기를 듣고 내가 네게 이런 답을 해 주었던 것 같구나.

"어이, 딸. 회사에서 가장 힘든 게 일보다 사람과의 관계거든. 윗사람이나 아랫사람이나 다 자기 자리에서 어려움이 있게 마련이야. 그런 걸 좀 이해할 필요도 있고. 그리고 말이야, 일이란 건 어디 가서 무엇을 하든 힘든 건 다 똑같아. 그러니까 잘 이겨내야지."

네가 울면서 되받았지.

"무슨 아빠가 그러냐? 왜 회사 사람이랑 똑같이 얘기해? 내가 언제 답을 달라고 그랬어? 그냥 내 얘기 좀 들어주면 안 돼?"

나는 더는 말을 이을 수가 없었다.

『화성에서 온 남자 금성에서 온 여자』라는 책 읽어 봤니? 남자와 여자는 근본적으로 다르니 서로 이해할 필요가 있다는 이야기를 다룬 책이야. 남자는 대개 자기에게 어떤 문제가 닥치면 속으로 조용히 생각해 보는 경향이 강한 것 같아. 반면에 여자는 자신의 문제에 대해 누군가에게 이야기하고 싶어 하는 본능적인 욕구가 있다고 하더구나. 여자가 닥친 문제에 대해 이야기를 듣게 되면 남자는 어떻게든 해결책을 찾아 조언을 해 주지만 결국 그건 여자가 원하는 게 아니기에 문제가 생기는 것 같아. 그냥 들어주고 편들어 주기를 원하는 것일 뿐이었는데.

결국 걱정스런 마음에 딸의 이야기를 잘 들어주지 못한 나는 참 못난 아빠가 되어버린 셈이다. 내 딴에는 문제를 해결해 줄 요량으로 내 생각을 전했지만 서로 통하지 못했으니 말이다.

소통이란 결국 말을 많이 하는 것과는 전혀 다른 의미인 것 같다. 분명 '말'이란 내 생각을 전하는 가장 기본적인 소통의 도구임에는 분명하지만, 바람직한 소통의 과정을 위해서는 먼저 생각해 봐야 할 것이 있는 것 같아.

자기 생각을 잘 전달하기 위해서는 대화의 목적을 '이해'에 둘 필요가 있다고 봐. 사람마다 제 생각이 있고 제가 하고 싶은 말이 있기 마련인데 대화를 할 때 내 주장을 앞세워 억지로 전달하려 하면 통하지 않을 가능성이 높을 수밖에. 최고의 대화법은 '경청'과 '침묵'이라는 말이 있듯이, 대화를 잘 나누려면 일단 생각을 말로 옮기기 전에 상대방의 이야기를 들을 줄 알아야 해. 그런데 아빠는 네 말을 듣기보다는 내 생각을 앞세웠기에 네 마음을 아프게 한 셈이야.

또 하나 생각해 볼 것은, 말을 하되 잘할 필요가 있다는 거지. 말 많은 사람은 서슴없이 충고하고, 말이 많으니 좀처럼 질문하려고 하지 않아. 말이 많으면 재미있을 것 같지만 천만에! 오히려 피곤하고 재수 없기까지 할 경우가 있고. 그래서 그런 사람은 억지로 주변에 사람을 모으는 타입일 경우가 많단다. 반면 말을 잘하는 사람은 섣불리 충고하려 들지를 않지. 먼저 들으려 하니까 질문을 많이 하게 되고 자기 생각의 핵심을 겸손하게 전달하려고 노력하지. 그런 사람 주변에는 자연스레 사람이 모이게 마련이야.

지혜는 들음으로써 생기고, 후회는 말함으로써 생긴다고 해. 말 많아서 후회하는 경우는 있어도 적다고 후회하거나 욕먹는 경우는 별로 없잖니.

상대방을 이해하려는 마음으로 잘 듣고, 잘 말하는 것. 그게 세상 사는 지혜인 것 같아.

34 · · · · · · · · · · 좋은 아이디어는
화학작용의 결과물

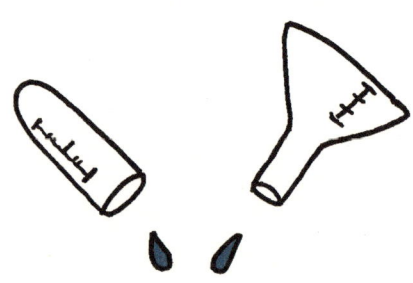

물질과 물질이 섞여
다른 물질이
만들어지는 이치....
생각도
그렇다 ✗

브레인스토밍. 어떤 주제를 가지고 많은 사람이 모여 문제 해결을 위해 다양한 의견을 내고, 토론을 통해 좋은 아이디어를 도출해 내는 일이지.

브레인스토밍을 잘하려면 의견의 질보다는 양이 중요하다고 하지. 그러니 어떤 아이디어라도 좋으니 많은 의견을 내는 분위기가 중요하고, 누군가 제시한 의견에 대해서는 비판을 하지 말라는 등 몇 가지 원칙을 잘 지켜야 한다고 해. 그런데 이게 말처럼 쉽지가 않아.

학교나 직장뿐 아니라 가정에서도 마찬가지야. 대개 나이가 많은 사람이나 목소리가 큰 사람, 고집이 센 사람, 계급이 높은 사람의 의견에 따라 결론이 정해지는 경우가 많지 않니? 소통이란 서로 다른 경험과 지식의 힘겨루기가 아닌 것을. 여러 사람이 모여 아무리 많은 의견을 내놓아도 좋은 아이디어를 만들지 못하는 이유는 분명해. 다른 사람이 나와 다른 의견을 낼 때, 자기 마음속에 있는 낡은 생각이 그것을 잘 받아들이지 못하도록 가로막기 때문이야. 자신의 경험이나 지식을 통해 나온 생각은 맞고, 다른 사람의 경험이나 지식은 틀린 것으로 단정해 버리기 때문에 의견이 서로 섞이고 하나로 잘 모이지 않게 돼.

예를 들어 누군가 의견을 얘기했을 때 백지상태에서 받아들이는 것이 아니라 자신의 낡은 생각으로 재단해 버리면 어떻게 되겠니? 마치 수학 문제를 풀 때처럼 일정한 법칙 안에서 정형화된 답을 구하는 것과 다름이 없어. 이런 분위기에서는 누군가 힘을 가진 사람이 옳다고 생각하는 아이디어가 그냥 결론이 되어 버릴 가능성이 높기 때문에 그 이상을 뛰어넘는 아이디어란 절대로 나올 수가 없지. 다른 사람은 한두 번 말하다가 잘 안 먹히면 입을 닫아 버리지.

좋은 아이디어란 서로 다른 아이디어가 화학반응한 결과물이란다. 화학작용이란 뭘까? 물질과 물질이 화학반응을 일으켜 전혀 다른 성질의 물질이 만들어지는 원리야. 예를 들어 누군가는 어떤 영화의 한 장면을 떠올리며 의견을 냈고, 다른 누군가는 어제 술자리에서 나누었던 대화 한 토막을 가지고 의견을 낸 경우를 상상해 보자. 보통의 아이디어 회의라면 곧 뜬금없는 생각이라고 비판 받을 소지가 클 거야. 그러나 서로 다른 의견을 반응시켜 문제와 연결하는 회의라면 의외의 해법이 나올 수도 있지. 이런 게 바로 화학작용이 일어나는 아이디어 회의라고 보면 돼.

여러 의견이 나왔을 때, 그 의견에 대해서 자신의 생각만 주장하고 옳고 그름의 잣대를 들이대기 시작하면 지극히 제한적인 아이디어만 얻게 될 가능성이 높아. 반면 모두가 마음을 비우고 서로 다른 의견을 들으면서 각자의 경험과 지식, 관점을 더하다 보면 어떤 형태로든 주제와 연관된 새로운 아이디어에 다다르게 되거든. 이렇게 된다면 누구나 생각할 수 있는 수준을 넘어서는 아이디어, 미처 생각하지 못했던 아이디어가 만들어질 가능성이 높지.

그래서 회의 자리에는 조력자의 역할이 참 중요해. 아이디어를 주
도하는 역할도 중요하겠지만, 사람들로부터 다양한 의견을 끌어내
고 각기 다른 의견을 조정해서 새로운 아이디어를 촉진하는 역할.
마치 화학반응을 통해 어떤 새로운 물질이 만들어질까를 기대하는
화학자처럼.

자기의 경험과 지식에 의존해서 다른 의견과 섞지 못하면 그저 자기
가 알고 있는 좁고 편협된 생각밖에 할 수 없다는 것을 잊지 말자!

" 나는
들릴 수 있다"고
말할 수 있는
사람이 되라.

잘난 놈만 있으면 잘 될 수 없다니, 이유가 뭘까? 아빠가 일하면서 얼마나 많은 사람을 만났겠니? 쭉 되짚어 보면 서로 다른 의견이라도 잘 듣고 자신의 의견과 조화를 이루면서 합의점을 찾으려고 서로 애쓴 사람과 일할 때 좋은 결과를 가져온 것 같아. 그 반면에 자기 의견만 내세우는, 주장이 너무 강한 사람도 적지 않았는데, 그런 경우에는 과정도 결과도 안 좋았어. 나도 틀릴 수 있다는 태도를 갖추는 게 왜 중요할까? 어느 분이 텔레비전에 나와서 한 얘기를 옮겨 볼게.

"첫 번째, '나는 틀릴 수 있다'는 말은 '자신감'의 표현이기 때문에 그래요. 자기 생각에 자신이 없는 사람은 절대로 자기가 틀릴 수 있다는 것을 인정하지 않아요. 두 번째, 그런 사람은 소통과 조화 능력이 뛰어납니다. 요즘은 다양한 분야의 전문가가 모여 일하는 융합의 시대이기 때문에 의사소통이 무엇보다 중요하죠. 세 번째, 이런 사람이 발전하더라고요. 나는 틀릴 수 있다, 나는 부족하다고 생각하는 사람은 배우려는 자세가 되어 있는 거잖아요. 현재에 안주하지 않고 배우려 하는데 발전하지 않을 수가 없죠."

잘난 척하는 것과 잘난 것은 다르단다. 언제든 나는 틀릴 수 있다는 생각이 오히려 잘난 사람을 만들어 주는 법이란다.

36 ·············토론과 협상은
말이 아니라 귀로 하는 것

영어를 못해도
외국인과
즐겁게 대화하는
비법이 있다.

이건 정말 아빠의 비법이라고 해도 되겠다. 먼저 외국 사람이 말을 시작하지. 그런데 반 정도는 알아듣겠는데 전체 내용은 잘 모르는 경우가 많아. 어찌어찌 그 사람 말이 끝나고 나면 일단 이렇게 화답을 해 주지.

"아, 그래요. 왜 그렇게 생각하시죠?"

그러면 그 사람이 다시 말을 하게 되어 있어. 이게 질문의 힘이야.

"오, 그래요? 어떻게 그런 생각을 할 수 있죠?"

그러면 또 한참 말을 이어가지. 대화의 끝 무렵 이렇게 덧붙이면 돼.

"야, 그거 정말 멋진 아이디어인데요."

이것은 비단 영어로 대화를 나누는 경우에만 해당하는 것은 아니란다. 토론을 잘하거나 협상을 잘하는 사람은 말을 잘하는 사람이 아니거든. 잘 살펴보면 자기 이야기를 앞세우기보다 상대방 말을 먼저 잘 듣고 이야기를 풀어가는 특징이 드러나지. 이렇듯 사람과 사람 사이의 대화의 기술이란 뭐 그리 거창한 것이 아니라 아주 간단한 원리란다.

37 · · · · · · 설명과 설득과 공감은
천지 차이다

바람은
태양을 이기지 못한다
힘은
마음을 이기지 못한다

아빠는 아이디어를 만들어 다른 사람에게 동의를 구하고, 아이디어를 실현시키는 일로 밥을 먹고 살아왔다. 참 다양한 사람과 상황 속에서 어떻게 하면 내 머릿속 생각을 잘 표현할 수 있을까를 늘 고민하며 살았으니 나름의 안목은 갖추었다고 생각한다. 그래서 그 이야기를 좀 풀어 볼까 해.

일을 하다 보면 자기 생각을 표현하는 데 있어 서로 다른 태도를 가지게 되는데 크게 분류해 보면 이렇게 나눌 수 있는 것 같아.

첫째, 자기 생각을 남에게 설명說明하는 사람.

이 경우는 자기가 어떤 관점으로 이런 생각을 했는지, 그 아이디어의 내용을 상대방에게 풀어 놓는 사람이야. 이런 타입의 경우 대개 자기 생각을 장황하게 나열하게 되지. 자기가 열심히 생각해서 만든 아이디어를 어떻게든 상대방에게 잘 이해시키려는 노력을 하게 되거든. 일하면서 만난 사람은 대부분이 이런 경우였다고 봐도 될 것 같아.

둘째, 자기 생각을 남에게 설득說得시키려는 사람.

상대방을 설득하겠다는 게 전제가 되면 자기 생각을 논리적으로 구성하거나 이야기를 집어넣어 꾸미려고 노력하게 되지. 그냥 자기 생각을 열심히 설명하려는 자세와는 다른 거야. 그런데 '설명'하고 '설득'하려는 사람들에게는 공통점이 있어. 어떻게든 내 생각을 전하려는 마음이 앞서니 우선 말이 많아질 수밖에. 또 싸움꾼처럼 전투적인 자세가 되기 쉽지. 내 생각을 상대방이 잘 이해를 못 한다 싶으면 논리를 들이대며 억지로 동의를 구하려고 하게 되거든. 그런데 이 경우 논리는 상대를 제압해서 굴복시키려는 힘으로 작용할 가능성이 높아. 싸움으로 보면 둘 다 하수下手지.

셋째, 자기 생각을 상대방에게 공감共感시키려는 사람.

이 단어가 참 묘해. 공감. 서로 같은 생각을 한다는 뜻이거든. 이솝 우화에 나오는 태양과 바람 이야기의 이치와 다르지 않아. 아무리 세찬 바람도 나그네의 외투를 벗기지 못했지만 따사로운 햇살에 나그네가 스스로 외투를 벗더라는 이야기처럼, 설득이라는 행위는 상대방을 내 쪽으로 끌어당기려는 느낌이 강한 반면에, '공감'이라는 것은 서로 다른 생각을 하는 두 사람이 어느 지점에선가 만나 같은 생각을 공유하게 되는 것이랄까. 설득이 '당했다'는 감정과 가깝다면, 공감은 '느꼈다'는 감정이라 할 수 있을 거야.

결국 말 잘하고, 논리적으로 뛰어나다고 해서 자기 아이디어를 곧바로 상대방에게 이해시킬 수 있는 건 아니라는 거지. 설명이나 설득이 '힘의 싸움'이라면, 공감은 '마음의 싸움'이거든. 마음의 싸움을 한다는 것은 나와 생각이 다른 사람에 대한 이해가 전제되어야 가능해. 내 생각을 들어 줄 사람의 입장에 서면 어떤 방법으로 전해야 할까가 오히려 분명해질 거야.

내 생각이나 아이디어를 다른 사람이 이해해 주지 못해 안타까웠던 경우 많지 않니? 그럴 때는 자, 이렇게 해 봐.

"내가 어떻게 이야기하면 내 이야기를 듣고 고개를 끄덕이게 할 수 있을까?"

이것을 끊임없이 생각해 보면 아마 놀라운 차이가 생길 거야. 내 생각을 누군가와 나눈다는 것. 때려눕힐 것인가? 보듬고 배려할 것인가? 그 차이야.

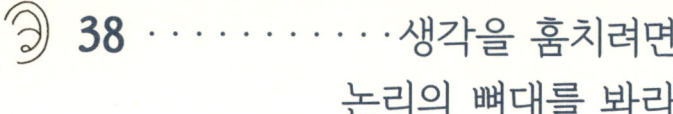

38 · · · · · · · · · · 생각을 훔치려면
논리의 뼈대를 봐라

"엄마가 좋아,
아빠가 좋아?"
골치아픈 이 질문에
대처하는 방법……

"아빠가 좋아? 엄마가 좋아?"

어릴 적부터 묻고 들었고, 이 나이가 되어도 가끔 너희에게 묻는 참 철없는 질문. 묻는 부모도 그렇지만 아이들 입장에서도 참 곤란하기 그지없는 질문.

"둘 다 좋아."

그런 대답에는 만족하지 못하고 끝내는 누구 하나가 더 좋다는 답을 끌어내길 원했던 질문이지. 결국 '아빠가 더 좋다'는 답을 얻었다고 가정해 보자. 그런데 여기 엄마가 개입해서 서로 논리 싸움을 시작했다고 치자. 네 엄마가 묻는다.

"왜 아빠가 좋은데?"
"아빠랑은 가끔 밖에서 밥 먹으면서 이야기도 나누고 옷도 사는데. 엄마는 요새 방 깨끗이 치워라, 일찍 일어나라 잔소리만 하잖아."
"그 이유밖에 없어?"
"아니 왜 애들한테 이런 걸 물어? 누가 더 좋은지 꼭 물어봐야 해?"

엄마의 화살이 내게로 날아오면 이젠 내가 할 말이 없어진다. 마침내 네 엄마가 우리 둘을 싸잡아 공격하기 시작한다.

"참 웃기는구만. 아빠가 더 좋다고? 아빠가 밖에서 일하니까 너희하고 만나서 밥도 먹고 옷도 사지. 엄마는 뭐 그러고 싶지 않아서 안 그러는 줄 아니? 그리고 방이 지저분해서 청소하라는 게 잔소리로 들려? 네가 해야 할 일 아냐? 그리고 왜 애들이 꼭 누굴 더 좋아해야 해? 그런 질문은 말이 안 되잖아?"

이쯤 되면 우린 논리 싸움에서 완전히 밀린 거지. 엄마 말이 훨씬 설득력이 있으니까. 우리가 이 싸움에서 이기려면 반론을 통해 우리 주장에 설득력을 더해야 했는데, 엄마의 반론에 설득력을 제거당함으로써 완패.

논리 구조를 알면 설득력이 생겨. 논리는 크게 3가지 덩어리로 구성되는 거야. 주장, 근거, 전제. 너희가 '아빠가 더 좋다'라는 주장을 했고, 그 주장의 근거가 되는 이런저런 이야기를 한 거잖니. 전제라는 것은 어떤 '관점'을 가지고 그런 주장과 근거를 펼쳤는가에 대한 것을 말하는 거지. 사람들의 대화를 보면 대개 주장의 배경이 되는 전제가 생략되는 경우가 많아.

논리적으로만 살펴보면 누가 어떤 이야기를 한다고 했을 때 '이런 관점에서 내 생각은 이렇고, 그 이유는 이거다'는 구조를 갖게 되어 있어. 전제, 근거, 주장. 이렇게 셋이 묶여서. 그러니까 논리적인 사고를 한다는 것은 자신의 관점과 주장, 근거를 잘 구분한다는 것이고,

역으로 반론할 때는 상대방의 주장을 관점과 사실로 나누어 반격하면 되는 거야. 엄마는 이걸 정확히 꿰뚫은 거야.

'아빠가 좋다'는 구체적인 사실관계를 따져 먼저 근거가 충분하지 않은 것을 공격했잖아. 그리고 더 센 공격은 아빠의 관점, 곧 전제를 건드린 거지. 엄마와 아빠 둘 중 한 사람 중 누가 더 좋으냐를 강요하는 관점이 잘못된 걸 공격한 거야. 그러니까 논리의 토대가 무너지게 되면 주장과 근거가 힘을 잃을 수밖에. 이처럼 논리의 구조를 잘 이해하고 있으면 주장의 핵심을 잘 파악할 수 있게 되고, 토론 과정을 통해 자기 생각을 관철하는 힘을 더욱 견고하게 할 수 있게 돼.

논리, 이것은 어려운 것이 아니야. 일단은 논리랑 친해져 보자. 우선 논리의 뼈대를 세우는 연습부터 차근차근 해 보렴.

39 ··· 생각을 생각답게 만드는 힘, 생각의 구조화

구슬이 서 말이라도
꿰어야 빌배....
생각이 서 말이라도
잘 꿰어야 빌배一

사람을 만나 대화를 할 때 상대방이 많은 이야기를 하는 데 당최 요점이 이해가 안 될 때가 많지? 그럴 때마다 아빠는 꼭 이렇게 되물어 봐.

"그래서 하고 싶은 이야기의 요지가 뭐죠?"

그런데 대부분 이런 질문에 자기 생각을 일목요연하게 답하는 경우가 흔치 않거든. 왜 그럴까? 생각이 구조화되어 있지 않아서 그래. 생각의 구조화가 자기 의사를 상대방에게 전달하는 데 있어 핵심이거든. 자기가 하고 싶은 말에 대한 전체적인 생각을 명확히 하고, 그 주장을 이끌어 내는 과정을 단단하게 만들어야 생각을 상대에게 전달할 수가 있어.

이렇게 하기 위해서는 습관을 지니는 게 매우 중요해. 제일 중요한 것은 남들 앞에서 자기 생각을 말하기 전에 결론을 먼저 명확하게 정리해 보는 거야. 그리고 어떤 관점으로 보았고, 그렇게 생각하게 된 이유는 무엇인지를 덧붙여 잘 구조화시켜 보는 거지. 이렇게 해야 결론과 핵심이 뚜렷해지고 힘이 실리는 법이거든.

아무리 생각이 남다르면 뭐하니? 생각도 잘 꿰어야 보배인 것을.

고민하지 말고
버~려~라
버.풍.초.땅.탈.삼.

화투 칠 때 비, 풍, 초, 똥, 팔, 삼 순으로 버리라는 것은 손에 들고 있어 봐야 별 쓸모가 없기 때문이야. 아빠도 강의 자료를 만들 때 그렇거든. 일단 강의 주제와 관련된 걸 다 모아서 흐름에 맞춰 다 배치해 놓지. 그런 다음 이번 강의에서 하고 싶은 말의 요지와 강의가 끝나고 돌아가는 사람들의 머릿속에 어떤 인상이나 메시지를 남길 것인가를 다시 한 번 정리해. 그리고 주제와 상관없는 것들을 솎아 내거든. 그리고 그런 작업을 몇 번씩 반복해. 더 버릴 게 없나 살펴보면서.

법정 스님의 『무소유』라는 책이 있어. 여기에서 무소유라는 것은 아무 것도 가지지 말라는 의미가 아니야. 인생에서 불필요한 것을 갖지 말라는 거지. 예를 들면 욕심, 이기심 같은 것들. 사람들이 스티브 잡스의 애플에 열광하는 이유는 또 뭘까? 그들의 제품에서 느껴지는 단순함 때문 아니겠니? 남들은 이런저런 기능을 자꾸 더하려 할 때 그들은 꼭 필요한 핵심적인 기능을 극대화해 디자인을 단순하게 만들어 왔잖아.

자기가 가진 생각과 아이디어를 틀에 담아 남에게 건넬 때 중요한 것은 바로 이런 게 아닌가 싶어. 핵심 메시지를 한 문장으로 정리해 보고 거기에 집중하는 것. 인생에서도 덧셈보다 뺄셈이 중요한 법이거든. 곁가지를 치고 버려야 오히려 분명해지고 강해진단다.

1잔의 커피와
1000개의 벼알을
바꾸려면? —

대학교 1학년 때 네 발표가 기억난다. 네가 하고 싶은 이야기는 분명해 보였다.

"국제 구호 재단에 기부해 주세요. 저희는 2천 원이면 커피를 한 잔 마실 수 있습니다. 그러나 그 2천 원이면 아프리카 학생들의 한 끼 식사를 해결해 줄 수 있습니다. 적은 돈이라도 기부해 주시면 아프리카 어린이와 부모 모두가 행복해질 수 있답니다. 가난한 사람을 돕는 일, 어렵지 않습니다."

누군가를 설득한다는 것은 사람의 마음을 움직여서 내 생각에 자연스레 동의를 이끌어 내고 행동으로 옮기게 할 때 의의가 있지. 그러기 위해서는 자기 생각을 가장 효과적으로 전달할 수 있는 흐름과 구조를 아주 잘 짜야 할 테고. 그런 면에서 너는 자기 생각을 장황하게 설명하기보다는 비유를 적절하게 활용한 것 같아. 보통은 무엇을 어찌하자는 방법론을 이야기하기 쉬운데 그보다는 도와야 하겠다는 마음이 일어나도록 공감을 이끌어 낸 것도 적절했고.

좋은 이야기 구조를 만든다는 건 이런 것 같아. 사실을 그대로 말하는 게 아니라 적절한 화법으로 표현해 내는 것. 네게 이야기꾼으로서 높은 점수를 주고 싶어. 아빠가 어쩔 수 없는 '딸바보'라서 그런 걸까?

5장.

오래오래
함함하게
살아가기

옛 노래에 이런 가사가 있다
'마음이 고와야 여자지. 얼굴만 예쁘다고 여자냐
한 번만 마음 주면 변치 않는 여자가 정말 여자지'

요즘엔 이런다지?
'성격 나쁜 건 용서가 되도 안 예쁜 건 용서가 안 된다'고

요즘 시대에 스펙이라는 기준으로 보면
예쁜 것도 경쟁력의 한 요소이긴 하겠다
남자 입장에서 보면 예쁜 여자에게 눈길 가는 것도 사실이고

그런데 말이다,
살다 보면 외모라는 게 사실 별거 아니더구나
외모는 마음 고운 여자를 이기지 못해

딸들아, 함함하게 잘 자라주어서 고맙구나
얼굴 예쁜 너희보다 아빠는
맘씨 고운 너희가 참 고맙구나

아내의 자리가 되거들랑.

너석들도 조만간 결혼을 하게 될 겁니다.

너석들아,
그때가 되면 네 남편되는 녀석은 녀석을 '회사 일,
바빠서……' 라는 말을 많이 하게 될테지.
물론 남자들이 일로 인해서 어쩔 수 없이 아
늦게 들어가는 경우도 생긴단다.
그렇지만 '바쁘다'라는 말에는 어느 정도 거짓말,
(?)이 마련이다.
이를테면 동료들과 어울려 술 한잔 하는 게
'집에'는 둘러대기도 하고, 여자후배가 남자후배를
변신하는 것처럼.

살다보면 진실을 보호하기 위해서 어느 정도
필요한 법.

남편을 목빠지게 기다리는 것이 보통 짜증나는 일이
아니란걸 알지만, 너희들이 아내의 자리를
차지하게들랑 모르는 척 이해하는 지혜로 받쳐
하려무나.

• 이 편지는 너석들의 엄마가 읽어주었으면 좋겠습니다

사춘기 딸바보 아빠, 이제는 짝사랑

네 엄마의 바가지에 무지 시달렸던 모양이다. 그래서일까? 결혼하면 남편에게 잘 해 주고 기도 펼 수 있게 해 주면 좋겠다는 생각을 노트에 독백처럼 썼나 보다. 언제부터인가 나는 점점 작아져 갔고 너희는 훌쩍 커 버린 것을 느끼게 됐다. 너희는 더 바빠졌고 가족이라는 테두리에서 '함께' 하는 시간은 차츰 사라져 갔다. 급기야는 오랫동안 얼굴을 보지 못하는 경우도 많았다. 너희의 사춘기는 지나갔지만, 아빠에게 사춘기가 찾아왔다. 외롭다는 생각이 불쑥불쑥 찾아왔다. 아빠의 사춘기는 아직도 진행형이다.

흔히 아이를 낳아 봐야 부모 마음을 안다는 말을 한단다. 나도 그런 줄 알았다. 그러나 이 말은 틀렸더구나. 너희가 태어났을 때 내가 진짜 부모가 되었다고 생각했지만 너희가 자라면서 내가 만났던 수많은 변곡점마다 느끼는 것들은 매번 달랐고, 부모로서의 생각 역시 달라질 수밖에 없었다.

나는 아빠이기도 하지만 동시에 아들이기도 하다. 그러나 자식의 입장과 도리는 잊고 살았다. 너희가 대학을 마치고 사회에 나온 지금, 어느 정도 아빠의 역할을 한 셈이 되는 지금에서야 부모로서, 자식으로서 균형 잡힌 생각과 태도를 조금이나마 익히게 된 것 같다.

이제서야 아빠로서의 내가 보이고, 내 부모의 자식으로서 나를 좀 살필 줄 알게 된 것이다. 동시에 부모나 자식의 처지가 아닌 독립된 존재로서의 '나'도 또렷하게 보이기 시작했다.

그럼에도 불구하고 나는 여전히 '좋은 아빠'라는 착각 속에 살고 있고 '딸바보'임을 자처한다. 그러나 동시에 어쩔 수 없는 짝사랑임을 안다. 그건 아무래도 상관 없다. 이제 내 짝사랑의 대상, 너희의 삶에 대한 바람을 짧게 남기련다.

남친, 어쩌면 결혼에 대한 바람
사랑에는 전과자가 되어라

언제인가 기억이 흐릿한데 큰 녀석, 네가 남친을 데려왔다. 참 묘한 느낌이 들었다. 아니 '기분 더러웠다'는 게 좀 더 솔직한 마음이었던 것 같다. 아, 딸 가진 아빠 마음이라는 게 이럴 수 있겠구나 하는 것을 처음으로 느꼈으니까.

아빠는 기본적으로 사랑에 있어서는 전과자가 될 필요가 있다고 보는 사람이다. 첫사랑과 결혼하는 것처럼 바보 같은 짓은 없다는 게 내 생각이다. 가급적 많이 이런저런 사람을 만나보고, 또 이런저런 기쁨과 아픔도 겪어 봐야 사람이 성숙해진다고 보기 때문이다. 그런 점에서 너는 내 바람에 충분히 부응해 준 것 같다.

첫 남친 이후로 여럿 바꾸더구나. 말도 안 통하는 외국놈까지 말이다. 그래서 나는 믿는다. 너의 그런 남친 편력이 네 인생에 도움이 되리라는 것을.

너희도 결혼을 하겠지. 언젠가는. 네 결혼 상대도 너처럼 많은 경험과 아픔이 있는 놈이면 좋겠다. 이유는 마찬가지다. 그런 놈이라면 오히려 너를 잘 이해해 주고 보듬어 줄 수 있으리라 여기기 때문이다.

연애야 그렇다고 치자. 결혼은 차원이 다르다. 사랑 없이 할 수는 없지만 사랑만으로 이루어질 수 없는 게 결혼이 아닌가 싶다. 돈 많은 놈도 좋고 잘 생긴 놈도 좋으리라. 그러나 긴 인생 함께 해야 할 놈이라면 그것보다는 너희와 생각하는 바가 비슷하고 함께 하면 편한 사람이 남편으로서 적격이 아닐까 여긴다. 기회가 오면 네가 남편으로 삼고자 하는 놈에게 물어보리라.

"자네는 평생 내 딸아이만 사랑하며 살 수 있는가?"

이 말에 그렇게 하겠다고 다짐하는 놈에겐 너를 맡기진 않으련다. 이유가 궁금하겠지. 여기에 대한 내 생각은 언제 우리가 그런 자리를 맞았을 때 이야기 나누도록 하자.

동시에 너와 함께 할 남자는 모범생 스타일보다는 조금 삐딱한 스타일이었으면 하는 바람도 가져 본다. 술도 좀 할 줄 알고 가끔 딴짓거리도 좀 할 줄 아는. 그런 친구가 오히려 이 세상에 보다 폭넓은 태도로 맞설 수 있으리라 여기기 때문이다.

어른을 대하는 자세가 바른 놈이었으면 좋겠다. 내가 그렇지 못했기 때문에 이런 바람을 갖는다는 것이 이기적일 수 있겠으나 그런 놈이라면 네게도, 제 부모에게도, 그리고 내게도 마음 씀씀이가 남다를 것이라 생각한다.

일하면서 먹고 사는 문제에 대한 바람
일 잘하는 사람보다 함께 일하고 싶은 사람이 되어라

밥 먹고 살기 정말 힘들다. 그러나 뭘 해도 먹고 살 일은 있다. 하고 싶은 일을 하기 위한 길은 당장에 어떠하더라도 한 발 두 발 걸어나가다 보면 반드시 만날 수 있으리라 본다. 어떤 일이 되었든 간에 나는 너희가 일을 잘하는 사람이 되기보다는 함께 일하고 싶은 사람이 되기를 바란다. 똑똑한 사람보다는 일을 즐길 줄 알고, 사람들과 잘 어울리며 조화를 이루는 마음씨 바르고 착한 사람이 되기를 바란다. 좋은 사람이 되기를 바라는 것이다.

그렇게 일을 하다가 언젠가는 네가 하는 일이 어떤 형태로든 세

상에 의미 있는 일로 만들어졌으면 좋겠다. 그럴 때 일을 통해서
행복해질 수 있지 않을까 싶다.

어른이 된다는 것
잊을 건 잊고 용서하는 사람이 되어라

누가 그랬다. 어른이 된다는 것은 상처를 받는 입장에서 상처를
주는 입장이 되는 것이고 그것을 알아차릴 때 비로소 어른이 된
다고 했다. 동시에 도저히 잊지 않을 것만 같던 것, 용서할 수 없
었던 일들이 잊혀져 갈 때 어른이 되어간다고 했다.

어쩌면 모르는 사이에 이미 너희는 어른이 되어가고 있는지도 모
른다. 사람들과의 관계 속에서 어우러짐과 조화, 겸손 배려, 그런
덕목들을 잘 익혀 가고 있으리라 믿는다.

너희가 꾸려갈 가정에 대한 바람
그 누구도 소유하려 하지 마라

세상의 모든 갈등은 대개 누가 누구를 '소유'하려 하기 때문에
빚어지는 것 같더구나. 부모가 아이를 소유하려 할 때 관계가 악
화되는 것처럼, 여자가 남자를 소유하려 할 때 역시 마찬가지다.
소유하려 할 때 많은 부작용이 나타날 수밖에 없다.

연애를 할 때도, 결혼해서도 남자를 소유하려 하지 마라.

"나만 바라봐야 해."

이런 마음과 말이 앞서게 되면 문제가 생기기 시작한다. 서로 각자의 독립적인 삶을 존중할 필요가 있고, 가정이라는 공통의 테두리 내에서는 최선을 다하는 삶이 바람직하지 않을까 싶다.

언젠가 네가 한 말에 아빠는 무척 부끄러웠다.

"평소에 우리가 많은 대화를 하지 않았잖아? 그래서 나도 내 표현을 잘 못해. 배운 게 이것 밖에 없어서 그런 걸 어떡해."

자식의 가장 큰 스승은 부모다. 자식은 부모에게서 그대로 보고 배운다. 그래, 아이를 낳아 부모가 되거든 무엇을 자꾸 가르치려 하기보다는 스스로 실천하고 행동으로 보여 주는 부모가 되길 바란다.

아빠 엄마가 보여 주지 못했던 모습을 너희는 너희 자식들에게 보여 주었으면 한다. 그리고 네 아이에게도 이 책의 이야기를 들려주면 좋겠다. 미래는 어떤 환경이 될지 모르겠다만 자기 스스로 살아가는 힘, 행복하게 사는 길에 대해 이야기해 주렴.

본디 남자는 다 다르지만, 남편이라는 사람은 같단다. 아빠가 잘 못했던 것, 그래서 흉봤던 것을 반복하지 않도록 남자의 든든한 지원군이 되어 주었으면 하는 바람도 함께 전하고 싶다.

아빠인 나 스스로에 대한 바람
늙어가지 않고 익어가야 하겠다

엄마는 딸에게 있어서 친구와 같은 존재인 것 같다. 그렇게 싸우다가도 엄마를 보면서 딸은 제 미래를 보기도 하고 속 깊은 이야기를 나누면서 세월을 함께 한다. 그러나 아빠와 딸 사이는 참 설명하기 어려운 관계인 것 같다. 남자와 여자라는 성별의 차이도 있지만 대체 무어라 설명하기 어려운 관계임은 분명하다. 그래서 아빠는 외로울 수밖에 없는 존재다.

아빠는 어쩌면 대책 없이 나이를 먹어 가고 있는지도 모르겠다. 세상에는 두 종류의 사람이 있다고 했다. 나이를 먹어 가면서 늙어가는 사람과 나이를 먹어 가면서 익어 가는 사람. 아빠는 익어 가도록 더욱 노력해야 하겠다. 너희가 잘 성장하는 것을 지켜봐야겠다. 그리고 건강해야겠다.

앞으로도 여러 일이 닥치리라. 너희는 결혼을 하고 나는 그야말로 나이를 제대로 먹으며 늙어갈 거다. 그리고 부모로서 또 다른 것을 배워갈 테고.

너희에게 참 감사하다. 힘들어도 잘살지 못해도 나 스스로 열심히 살게 해 주어 감사하고 열심히 살 수 있도록 노력하게 해 주어서 더없이 고맙다. 이젠 너희들 스스로 행복한 삶을 일구어 가는 모습을 따뜻한 시선으로 지켜보련다.

살다가 힘들 때는 언제든지 와서 기대기도 하렴.

Brand package
Design

그나는
어릴적고
느꼈던걸
그밈숨 그대로가
거기 그렸구나.

42 · · · · · · · · · · 더불어 살아야
사람이다

나무와 나무가
더불어 숲이 된다
사람도. 숲도
그렇다 · · · · · · · ·

사람은 각자 독립된 존재로서의 의미도 있지만 결국은 관계 속에 살수밖에 없으며, 그럴 때 과연 어떤 태도와 자세로 삶을 바라볼 것인가에 대해 깊이 생각해 볼 필요가 있단다.

누군가의 글을 읽는다는 것은 누군가의 삶을 만나는 것과 같다고 했다. 그리고 글에서 주는 깨우침이 많다는 것은 그 삶의 성찰이 깊다는 것과 같다. 어느 교수가 강의에서 하신 말씀이 떠오르는구나.

"저는 어렸을 적의 아픈 기억 때문에 이긴 친구가 있으면 진 친구가 있다는 생각을 떨쳐 버리지 못합니다. 어렸을 적에 제 친한 친구가 다른 친구에게 몹시 부대끼다 못해 학교가 파한 뒤에 정식으로 싸움을 하게 됐어요. 그런데 제가 편이 되었던 선량한 친구가 코피가 났습니다. 이긴 친구는 당당하게 그 자리를 떠나고 저는 그 친구 옆에 앉아서 강물에 코피를 씻어 줬어요. 철없을 때의 기억이지만 지나고 보니까 그때 참 중요한 것을 깨달았다는 걸 느끼게 돼요. 저는 승리라는 개념 뒤에는 반드시 패배가 있고, 승리라는 것이 반드시 정의로운 것은 아니라는 생각을 갖게 되었습니다."

이런 상상을 해 보자. 만일 모두가 다 저마다의 삶의 기준을 가지고 각자의 삶을 산다고 치자. 그렇게 모든 사람이 저마다의 방식으로 살아간다고 해서 이 사회가 과연 건강해질 수 있을까? 그렇지는 않을 것 같다. 우리는 더불어 살 수밖에 없는 존재이기 때문에. 그러니까 사람들이 모여 사는 사회에서 조화를 고려하지 않으면 창의적인 이기주의자만 득실거리는 곳이 될지도 몰라.

개인의 존재가 중요하고 경쟁력 있는 삶을 살아가려는 노력은 반드시 필요하겠지. 하지만 동시에 사람과의 관계를 어떻게 하면 잘 만들어 갈 것인가를 잊지 않는 삶의 자세는 매우 중요하다고 봐. 세상은 경쟁으로 얽혀 있는 게 사실이다만, 중요한 건 우리 모두 더불어 사는 사람이라는 것을 잊지 않는 것이 아닌가 싶어.

지하철에 손잡이가 길고 짧은 것을 달아서 키가 작은 사람도 편하게 잡을 수 있게 한 아이디어는 누가 생각한 걸까? 여자가 생리할 때, 수영장을 이용하기 어려우니 일주일 정도는 할인 혜택을 주자는 아이디어는 누가 만든 걸까? 이런 아이디어는 자기만 생각하면 결코 만들어질 수 없는 것 아니겠니? 자기야 불편할 게 없겠지만 더불어 사는 사람을 생각하고 더불어 사는 사람의 처지를 배려할 때 가능한 것 아니겠니? 그래야 아이디어가 보다 의미 있고, 사회적인 변화를 이끌어 낼 수 있을 거야.

우리를 한 그루의 나무라고 생각해 보자. 제 몸 하나 아름드리나무로 잘 커 나가는 것도 물론 중요하겠지만, 내가 저 나무와 어떻게 살아야 하나, 어떻게 더불어 숲을 이루어 갈까 하는 생각을 갖는다면 풍성한 삶을 꾸려갈 수 있지 않을까 싶어.

삶은 더불어 살아가는 과정에서 아름다워지고, 그것이 제대로 된 의미를 가지려면 인성人性, 곧 사람으로서 어떤 성품을 지녀야 하는지가 더욱 중요하다고 본다.

살면서 겪어보니 느끼겠더라. 남다른 생각이나 잘난 아이디어를 가진 사람보다는 인성 좋은 사람이 훨씬 더 매력 있다는 것을.

43 .... 비어 있어야
채울 수 있다

"그릇이 큰 사람"

이 말의
참 뜻은 뭘까?

가진 게 많고, 배경이 좋고 인물이 잘나서 그릇이 크다는 걸까? 아니면 아는 게 많거나 상상력과 아이디어가 풍부해서? 그렇진 않을 거야. 그릇이 큰 사람이란 크기나 내용물과는 상관없이 속이 비어 있어서 다른 것을 가득 채울 수 있는 공간이 큰 사람이라는 속 뜻을 기억할 필요가 있어.

자기의 삶에 경쟁과 욕심이라는 가치가 앞서게 되면 비어 있는 곳에 자꾸 무언가를 채워 넣으려 하겠지. 그런데 인생을 살아가는 데는 사실 그렇게 거창한 것보다는 정직, 배려, 겸손, 나눔과 같은 사람으로서의 기본 도리가 오히려 훨씬 더 소중한 가치임을 깨닫게 되더구나. 그럴 때 불필요한 것들을 하나둘씩 덜어 내고 사람과의 관계 속에서 얻어질 수 있는 것들을 채워 나가려는 자세를 갖게 되는 게 아닌가 싶어.

평범하고 성실한 사람이 점점 더 대접받기 힘든 세상이라고 하더구나. 물론 말 잘하고 똑똑하고 기발한 것도 좋겠지. 그러나 극히 주관적인 생각이긴 하다만 나는 믿어. 마음씨 바르고 고운 사람이 결국 대접받을 수 있음을.

그런 사람이야말로 진정 그릇이 큰 사람이 아닐까 싶다. 사람으로서의 기본 품성을 지닌 그런 사람이.

44 · · · · · · · · · 어깨에 힘을 주면
공이 멀리 못 간다

골프에서 배운
인생의 지혜.
"욕심 버려라,,
"버려해라,,

"힘 빼는 데 3년 걸린다."

골프 명언 중에 하나인데 이 말의 의미가 무엇인지 알겠니? 골프는 힘을 빼고 가볍게 쳐야 하는데 이것이 3년은 족히 걸릴 정도로 참 어려운 일이라는 뜻이야. 사실 대부분의 사람이 평생 가도 힘을 못 빼는 경우가 더 많고.

골프를 치다 보면 두 가지 인생의 지혜를 깨우치게 되는 것 같아. 하나는 욕심을 버리라는 거야. 어깨에 힘이 들어가는 이유는 좀 더 세게, 멀리, 잘 치려고 하기 때문인데 그렇게 해 봐야 생각대로 되지를 않지. 오히려 더 역효과만 나고.

다른 하나는 배려하라는 거야. 골프는 보통 4명이 한 팀이 돼서 치거든. 그러니까 플레이 도중에는 서로 조화를 이루어야 좋은 분위기를 만들어 갈 수 있겠지. 그런데 누군가가 플레이가 맘대로 잘 안 풀린다고 해서 동반자들을 배려하지 않고 자기 기분 내키는 대로 한다면 분위기야 뻔하지 않겠니.

사람의 인성이 좋다는 의미 중의 하나는 다른 사람을 배려할 줄 안다는 것이거든. 배려할 줄 안다는 것은 자기보다는 자기가 맺고 있는 관계를 소중히 여기기 때문에 가능한 거고. 또 그런 사람은 지나친 욕심을 부리지 않지. 자, 욕심을 버리고 배려하자.

45 ·········· 사람의 됨됨이는
사람을 대할 때 보인다

잊지 마렴.
자리의 높낮이가
사람의 높낮이가
아니라는 사실.

웨이터 테스트라는 것이 있단다. 외국에서는 상대방이 비즈니스 파트너로서 적절한가 그렇지 않은가를 판단할 때 레스토랑에서 식사를 같이 하면서 그가 어떻게 웨이터를 대하는 지를 본다고 하더라. 반말을 하거나 무례하게 대하면 절대 사업을 같이 하지 않는다고 해. 지금이야 서로 동등하게 비즈니스 이야기를 나누고 있지만, 만일 그 사람이 좀 더 높은 위치에 서게 되면 웨이터 대하듯 자신에게도 함부로 대할 가능성이 높다고 판단하는 거지. 반면 웨이터에게 친절하고 예의 바르게 대한다면 어떤 입장에 있더라도 서로 신뢰하며 일할 수 있는 사람이라고 보고 의사결정을 한다고 하더군.

웨이터 테스트에서 생각해 봐야 할 것은 결국 개인이 갖고 있는 능력이나 처지 그 자체보다는, 서로 협력하고 경쟁하면서 만나는 사람들 사이에서 어떻게 녹아들어야 하는지를 말하는 게 아닐까 싶어.

사람의 처지와 입장은 늘 변하는 거란다. 세상 사람 모두가 항상 동등하게 수평적인 관계를 맺으면서 살 수 없는 거지. 하지만 사람들의 관계는 달라지게 마련이거든. 예전에는 내가 일을 주고, 상대방은 부탁을 했지만 반대로 내가 권력을 가진 상대방에게 부탁하는 입장이 될 수도 있는 거야. 그래서 이런 말들을 많이 하게 된단다.

"세상 참 좁구나, 참 잘 살아야겠더라."

그러니까 지금 내가 어떤 자리에서 어떤 일을 하고 있든 지금 내 자리에서 만나는 사람과의 관계가 언제 어떻게 바뀔지 모르니 참 잘해야 한다는 깊은 뜻이 담겨 있단다. 그리고 사회생활을 하면서 실제 이런 경우는 아주 많지. '갑'과 '을'의 관계로 만났던 두 사람이 어느 날 처지가 바뀌는 경우가 적지 않거든. 그런데 만일 '갑'의 입장에 있던 사람이 그 자리에 있을 때 관계가 변화할 것을 생각하지 못하고 어깨에 힘을 주면서 '갑'질을 했다면 변화된 관계에서는 대체 어떻게 되겠니?

그래서 개인의 노력에 의해서든, 운이 좋아서든 상대적으로 높은 자리에 있게 되더라도 상대적으로 낮은 자리에 있는 사람을 함부로 대하면 절대 안 된다는 거야. 사람과의 상대적인 관계를 잘 헤아리지 못하는 사람일수록 약자에겐 강하고 강자에겐 약한 법이니까. 또 그런 사람일수록 착각에 빠지는 경우가 많아. 자리의 높낮이가 사람의 높낮이라고 여기는 거지. 참 어리석게도.

나를 낮추어 남을 높이면 다시 내가 높아지는 법이란다. 권위 있는 사람과 권위적인 사람의 차이점을 아니? 권위적인 사람은 스스로 권위를 부여하는 사람이다. 반면 권위 있는 사람은 다른 사람이 권위를 인정해 주는 사람이야.
웨이터 테스트는 우리에게 '겸손'이라는 덕목을 깨우쳐 준다. 우리가 지금 어느 자리에서 살아가든 자기만 생각하는 게 아니라 관계

맺는 모든 이들을 대할 때 겸손함을 잃지 말라고 거듭거듭 일깨워 주는 것 같아. 내가 상대방에게 겸손하다는 것은 상대를 존중할 줄 아는 마음을 가져야 한다는 말과 같은 의미라고 봐야지. 내가 상대적으로 많이 가진 것을 뻐길 게 아니라 상대방의 입장과 생각을 존중하는 자세로 관계를 맺어 나갈 때, 우리는 조화로운 삶을 꾸려 나갈 수 있는 게 아니겠니?

늘 겸손하고 존중하고 배려해라. 사람의 성품이란 제게 별 이익이 안 되는 사람에게 어떻게 대하는지를 보면 보이게 마련이거든.

이것이 아빠가 인생에서 얻은 지혜란다.

46 · · · · · · · · · · · · · · · 단점을
강점으로 키워라

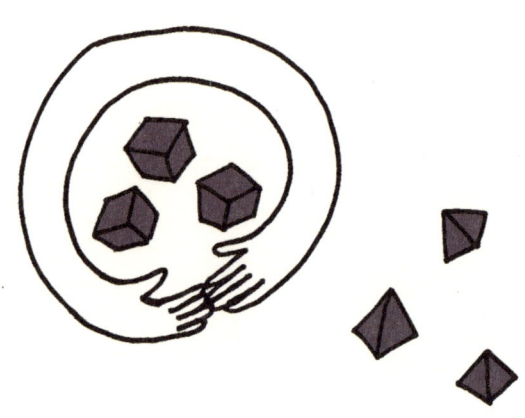

장점?
단점?
서로 가진것이
다를뿐이다 ㅠㅠ

우리는 A형이다. A형에게 사람들은 대부분 소심하다고 하지. 그런데 꼭 그렇지만은 않잖니. A형의 피를 가진 사람들은 대개 신중한 편이지. 남을 배려하는 심성도 깊고. 그러니 혈액형을 가지고 이렇다 저렇다 하는 것은 큰 의미가 없어 보여. 사람은 누구나 다 자기만의 장점이 있고, 동시에 남에게는 있지만 내게는 부족한 약점이 있게 마련이야.

하지만 관점을 조금만 틀어 보면 사람의 장점과 단점이란 서로 가지고 있는 특성이 다르다는 것뿐이거든. 단점이란 것이 어쩌면 내가 남에 비해 부족한 것이 아니라 나만이 가진 독특한 개성이라고 생각할 수도 있으니까.

대개 남의 장점이나 나의 단점은 커 보이게 마련이야. 그 말을 뒤집어 보면 나의 장점 역시 누군가에게는 크게 보이는 것이거든. 가만히 살펴 봐. 남보다 못한 것을 괜히 걱정하기보다는 내가 가진 장점이 무엇인지를. 내가 단점이라고 생각했던 것이 자세히 보면 남다른 점이고, 장점이 될 수 있다는 것을 잊지 말고 그것을 강점으로 키워봐. 동시에 다른 사람들과의 관계에서도 상대방의 단점을 들추어 꼬집는 것보다는 그 사람의 장점에 주목하면 지혜로운 관계를 만들어 갈 수 있을 거야.

A형은 부족한 게 많지만 그만큼 가진 게 많다는 것도 잊지 말고!

47 ·······가진 것은 나누어도
사라지지 않는다

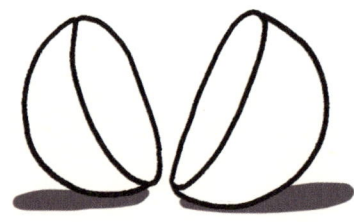

경쟁을
멈추고
공유를
시작하자

어디 가서 강의를 마치고 나면 강의 자료를 달라는 요청을 자주 받게 되지. 그럴 때마다 나는 이렇게 말해.

"저, 강의 자료 좀 주시면 안 될까요?"
"당연히 드리지요. 이게 뭐 제가 태어나면서 갖고 나온 게 아니잖아요. 다 일하면서 사람과 어울리며 조금 더 알게 된 것을 정리한 것뿐인데요. 어차피 제 것이 아닙니다."

사람은 다 저마다 세상을 바라보는 방법이 다르고 관심 분야나 하는 일이 다르기 때문에 누구나 저마다의 경험과 지혜, 그리고 나름대로 이야기를 가지고 있는 건데 좀 나누어 쓰면 어때?

숫자 놀이를 해 보자. 내가 10개의 경험과 지혜를 가지고 있다고 할 때, 이것을 누군가와 반으로 나누는 거야. 아주 묘한 게 아무리 계속 나누어도 다 없어지지가 않거든. 반면에 내가 가진 것과 남이 가진 것을 더해 보면 한없이 늘어나게 되는 거고.

비교해 보자. 자기가 가진 것을 어떻게든 지키려 하려는 사람과 서로가 가진 경험과 지혜를 섞고 공유하려는 사람 사이에는 어떤 차이가 빚어질까? 내가 쌓아 온 지식과 경험, 혹은 지혜가 누군가의 삶에 보탬이 될 수 있다는 건 참 기쁜 일이란다. 경쟁의 관점을 공유로 바꿔보면 세상에 나누고 배울 것은 너무나 많단다.

48 ·········· 배운다는 것은
스스로를 가르치는 것

딸 : 술 좀 작작 데워요.
  딸이 보고 배우잖아.
아빠 : 난 네게 배운건데 ….
딸 : 그럼 날 선생으로 모셔ㅋ
········
딸아이에게도
배울 게 많은 법입니다

남자의 나이를 불에 비유한 이야기가 있어.

10대는 성냥불이다. 긋기만 해도 활활 타오르니까.
20대는 장작불이다. 근처만 가도 뜨거워서 그렇단다.
30대는 연탄불이다. 겉으로는 별로라도 은은하게 타오르기에.
40대는 화롯불이다. 죽은 것으로 보여도 불꽃이 살아있으므로.
50대는 담뱃불이다. 힘껏 빨아야 불이 겨우 붙기 때문에.

그래, 아빠는 담뱃불이다. 어릴 적에는 그런 줄 알았다. 화롯불이나 담뱃불 정도의 나이가 되면 인생의 모든 풍파를 다 겪고 커다란 지혜를 깨우쳐서 인생을 관조할 줄 아는 경지에 있는 것으로 여겼다. 그런데 그렇지가 않더라.

학즉불고學卽不固라는 말이 있단다. 지혜가 모자란 사람은 자기의 좁은 생각과 경험에 사로잡혀 마치 세상을 다 아는 것처럼 완고함에 빠질 우려가 많으니 배움을 게을리 하지 말라는 뜻이다. 배움이란 나이의 문제가 아니리라. 힘껏 빠는 노력을 게을리 하지 않을 때 인생의 지혜가 차곡차곡 쌓여 갈 것이다.

세상 누구에게라도 배울 것은 참 많은 법이란다. 부모도 자식에게 배울 게 많은 법이고. 그래서 아빠는 평생을 배우면서 남을 가르치기 전에 스스로를 가르치려고 한다.

49 · · · · · · · · · · · · · 어깨동무하자,
기성세대랑 청춘이랑

아빠와 딸 ∼∼∼
살사춤을 추며
과거도 미래도 아닌
〈오늘〉을 즐기다 · · · ·

나는 그 날 어색하고 민망하기 짝이 없었다. 몸을 드러내고 살사를 추는 자리도 어색했고, 내가 평소 접하지 못했던 분위기라 영 꿔다 놓은 보릿자루 마냥 당최 뭘 어찌해야 좋을지 모르겠더구나. 그러다가 네 손에 이끌려 함께 사진도 찍고, 사람들도 반겨주니 나는 기분이 좋았다.

다음 날, 세대 간의 갈등을 다룬 2개의 서로 다른 기사를 보았다. 먼저 한 텔레비전의 뉴스 프로그램. 기자는 취업에 힘겨워하는 청년들의 이야기를 소개하고 있었는데, 화면 안에는 나이 드신 분들 여럿이 모여 소주잔을 기울이고 있었다.

"거 참, 요즘 젊은 애들은 도대체 뭐가 힘들다고 그러는지 모르겠어. 우리 땐 안 힘들었나. 힘든 걸로만 따지면 우리가 더 했지. 다 약해 빠져 가지고."

기자는 '젊은 세대에게 기성세대를 신뢰하느냐고 물어 봤더니 신뢰하지 않는다는 수치가 70%로 나왔다면서 뉴스를 마무리했다.

그리고 인터넷에 어떤 청년이 올린 글.

"어른들이 젊은 사람들에게 대가리에 피도 안 마른 놈이라고 하시잖아요. 그런데 그 말이 요즘에도 통할까요? 어른들은 지혜와 경험

이 있죠. 배운 것도 많고요. 그러나 세상이 변했잖아요. 이제 젊은
사람들이 세상을 바꾸고 주도하고 있거든요. 나이가 어리다고 해서,
경험이 적다고 해서 누군가를 무시한 적은 없는지 생각해 보실 필
요가 있죠."

저마다의 입장에서 옳은 이야기고, 동시에 충분히 반론이 가능한
이야기지만 어찌 되었든 그 대립과 갈등의 정도는 만만치 않아 보이
더구나. 세대 간에 서로 화해하고 신뢰를 회복하는 길은 요원한 걸
까? 사실 서로서로 조금만 노력하고 상대방을 이해하려 하면 세대
간의 화합은 별 어려운 일도 아닐 터이다.

서로에게 따지려 들고 탓하려 들면 한이 없겠지. 그런데 그게 뭐 그
리 중요할까? 흘러가는 세월 앞에서 나이를 잣대로 우열을 가리는
게 얼마나 우스운 일이니? 어느 세대나 청춘은 방황하는 법이고 힘
든 법인 것을.

기성세대는 과거라는 시간 속에서 젊음을 경험한 사람들이다. 지금
의 청춘들은 미래라는 시간 속에서 나이 듦을 경험하게 되겠지. 그
런데 분명한 사실은 서로가 어느 시대를 어떻게 살았든 간에 기성
세대와 청춘은 지금 '현재'라는 시간을 공유하면서 함께 살고 있다
는 거야. 그렇다면 화해의 길은 분명해진다. '현재'라는 지점에서 서
로 만나 마음이 통하는 길을 열면 되는 것. 그런 만남이라는 것은

서로 존중하는 것부터 출발하는 것이라고 본다.

젊음은 쉽다. 찾아오는 것이기에. 그러나 나이 듦이란 것은 그렇지가 않다. 그것은 만들어서 이루어가야 하기 때문에. 그리고 기성세대는 참 많은 삶의 굴곡을 겪으며 험한 세상에 다리가 되어준 세대다. 어떤 경험과 지혜를 갖고 있든 간에 시시비비를 따지기 이전에 존중받을만한 가치가 있다. 청춘 역시 존중받아야 마땅하다. 청춘 역시 그들이 만들어 갈 미래를 스스로 존중할 줄 알아야 하고 또 충분히 존중받아야 마땅하다. 그렇게 기성세대와 젊음, 서로의 가치를 존중하는 것으로부터 시작할 필요가 있다고 본다.

사람들이 불행한 것은 인생이 언제나 '봄'이기를 바라기 때문이리라. 그런데 어디 인생이 그런가? 그러니 서로 어깨동무하고 현재를 잘 만들어 가는 게 무엇보다 중요하다고 본다. 인생이란 봄, 여름, 가을 그리고 겨울, 또다시 봄을 겪으며 순환하는 것이기에. 단 한 사람의 예외도 없이.

얘들아, 유한한 인생에서 우리는 아빠와 딸이라는 소중한 인연으로 만났으니, 영원히 잊지 못할 감동의 순간들을 함께 만들어가자꾸나.

50 ···· 지금은 질문을 할 수 있는
유일한 기회다

스스로
묻는 사람은
반드시
답을 얻게되어 있다.

이제 스스로에게 질문을 던져 보며 마무리하도록 하자꾸나. 김창완 아저씨가 어떤 방송 프로그램에서 한 이야기야.

"아저씨, 왜 사세요?

제가 중2 때 어른들에게 물어보니 대부분 대답이 이랬어요.

"쓸데없는 생각하지 말고, 공부나 해."
"너도 커 보면 다 알아."

언젠가 지나갈 청춘인지 알았지만 이렇게 빨리 갈 줄은 몰랐어요. 동생이 사고로 죽고 나서 깨달았어요. 아, 삶이라는 것이 매 순간 완성되어야 하는 거구나. 지금 이 순간에 내 인생을 완성하겠다는 생각으로 살고 있어요. 언제 행복했느냐고 누가 물으면 언제나 '지금'이 제일 좋다고 말할 거에요. 슬픈 현재나 기쁜 현재나.

"아저씨, 왜 사세요?"

제가 어린아이에게 이런 질문을 받는다면 어떻게 대답을 해야 하나 생각했어요. 저는 이렇게 답할 수 있을 것 같아요.

"인생은 답을 찾는 것이 아니라 질문을 할 수 있는 유일한 기회라고."

질문도 답도 모두 스스로의 몫입니다.

꿈은 꾸는 것이 아니라 만들어가는 것이라 했습니다.
그렇게 딸아이들과 이야기를 책으로 펴내려라 꿈꿨던 꿈을
이룬 셈이 됐습니다*
삶의 기준은 행복이 되어야 한다고 합니다.
행복은 찾는 것이 아니라 만들어가는 것이라 하며,
행복하기 위해서는 어떻게 살아야 하는지를 질문하라 합니다.
자기다운 삶을 만들어가는 방식에 대한
꿈이었고는 질문일 것입니다
저는 제 딸아이들에게 그런 질문을 던진 것뿐입니다.
동시에 그 질문은 제게 하는 질문이기도 합니다.
살았던 삶을 그리 행복하지 않았던 시간으로 흘러버렸습니다.
살아갈 삶은 꿈과 행복을 만들어가는
시간으로 채워야야 하겠습니다.
그리고 세상 모든 부모와 자녀들에게 드리는 질문이기도 합니다.
세상의 모든 딸들이, 아들들이, 아빠들이, 엄마들이
자신의 꿈과 행복을 생각하고, 서로의 관계를 생각하고,
그래서 서로를 가로막고 있던 벽을 허무는 버리면서
서로의 꿈과 행복을 나누어갈 진심으로 바랍니다.

질문만 있을 뿐, 저도 그 답을 알지 못합니다.
그 답을 찾는 것은 우리 모두 각자각자의 몫이어졌지요.

어줍잖게 아는 척하라 쓴 글, 그래서 부끄럽습니다.

이경모

질문도 답도 스스로의 몫입니다

꿈은 꾸는 것이 아니라 만들어 가는 것이라 했습니다. 딸아이들과의 이야기를 책으로 펴내리라 혼자서 꾸었던 꿈은 이제 이룬 셈이 되었습니다.

삶의 기준은 행복이 되어야 한다고 합니다. 행복은 찾는 것이 아니라 만들어 가는 것이라 합니다. 행복하기 위해서는 어떻게 살아야 하는지를 질문하라 합니다. 인생은 자기다운 삶을 만들어 가는 방식에 대한 끝없는 질문일 것입니다.

저는 제 딸아이들에게 그런 질문을 던진 것뿐입니다. 동시에 그 질문은 저 스스로 묻는 말이기도 합니다. 그리고 세상 모든 부모와 그 자녀들에게 드리는 질문이기도 합니다.

세상의 모든 딸이, 아들이, 그리고 세상의 모든 아빠가, 엄마가 자신의 꿈과 행복을 생각하고, 서로의 관계를 생각하고, 그래서 서로를 가로막고 있던 벽을 허물어 버리면서 꿈과 행복을 나누며 살아가길 바랍니다. 질문만 있을 뿐 저도 그 답을 알지 못합니다. 그 답을 찾는 것은 우리 각자의 몫이겠지요. 어쭙잖게 아는 척하고 쓴 글, 그래서 참 부끄럽습니다.

이경모

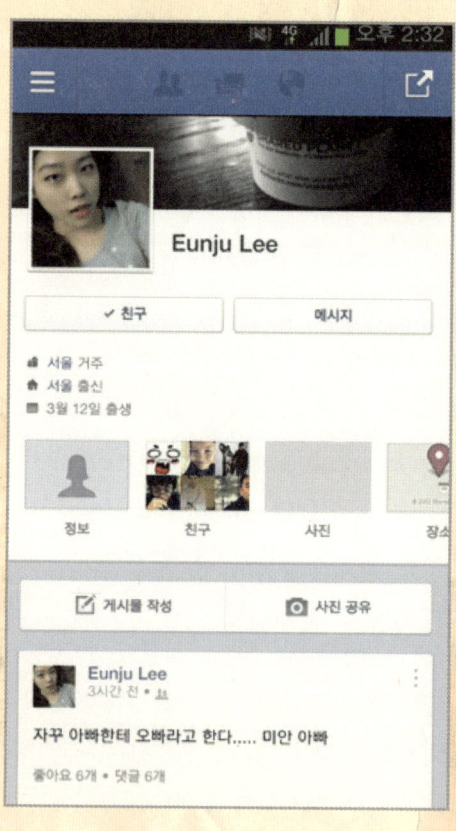

첫사랑 아빠,
그런 사람과 결혼하겠다는 첫 다짐,

어느 날-
아빠와 오빠가 헷갈리기 시작했다

이 사랑은
끝나가고 있음을 직감한다

다음 사랑은
어떤 모습으로 다가올 것인지…….

Me and my daddy. Thank you for being my dad!

세상 모든 아빠는
딸의 첫사랑이었다

세상 모든 아빠에게
딸은 짝사랑이다

고마워, 아빠

아빠 딸이어서
참 행복했어‥‥

고맙구나, 딸

다시 태어나도
내 아빠의 줄거지?

지금처럼〰〰

고맙다,

이은주
이지혜
그리고
이정민